ダウナー系ギャルの雪河さんが、何故か放課後になると俺の家に通うようになった件。

岸本和葉

JN180049

GA文庫

ダウナー系ギャルの雪河さんが、
何故か放課後になると俺の家に通うようになった件。
岸本和葉
illust. Yuyu

Tsukino Yukikawa

ダウナー系ギャルの雪河さんが、何故か放課後になると俺の家に通うようになった件。

岸本和葉

GA文庫

カバー・口絵　本文イラスト
Ｙｕｙｕ

第一話
雪河月乃は知っている

yukikawasan

俺《おれ》にとってアニメや漫画は、生きるための燃料だった。

これまでに集めた作品は数知れず。高校入学と同時に入居したワンルームには、そんな俺の人生とも言える結晶が積み上がっていた。

あの部屋は、まさに俺にとっての聖域だ。

本棚という城壁に囲まれた、誰《だれ》にも脅かされない特別な城。

「――ねぇ、そこの漫画取って」

そんな我が家に、まさかクラスの一軍ギャルが入り浸るようになるなんて、夢にも思っていなかった。

◇◆◇

――早く帰りてぇ。

高校に進学してから、一週間が経《た》った。

帰りのホームルームを終えた一年A組は、放課後だというのにやたらと活気がある。

ボッチ生活を避けるべく、みんなグループを作ることに躍起になっているのだ。

俺がこうして帰り支度をしている間にも、彼らは互いに絆《きずな》を深め、よりよい高校生活を送ろうとしている。

この俺、永井健太郎《ながいけんたろう》は、どこのグループにも馴染めなかった。

いや、正確には、馴染もうとすらしなかった。

情けない話だが、俺は人付き合いが苦手だ。人の輪に入ると、異様に疲れてしまう。

他人の顔色を窺《うかが》いながら過ごすくらいなら、作品の考察をしているほうがマシだ。

今日は漫画の新刊購入と、昨晩録画したアニメを視聴しなければならない。

オタクというのは、意外と忙しい生き物なのだ。

俺はさっさと帰宅するべく、鞄《かばん》を肩にかけた。

――そのときだった。

「ねぇー、近くのカラオケってどこが一番安いの？」

「駅前のビッグマイクじゃね？　フリーで入ればだいぶ安かったと思う」

「ふーん……じゃあ今日はそこでいっか」

俺の後ろの席から、そんな会話が聞こえてきた。

声だけで、今の会話が誰のものか分かる。

このクラスですでに中心を勝ち取った、一軍グループの連中だ。

「最近カラオケ欲高まってたんだよねぇ～」

どこか甘えたような声色で喋《しゃべ》るこの女は、桃木春流《ももきはるる》。

この高校が制服、髪色自由であるのをいいことに、髪色を真っピンクにしている陽《よう》属性のギャルだ。

「分かる。馬鹿《ばか》みたいに歌いたくなるときってあるよな」

桃木の言葉にそう返したのは、鬼島浩一《きじまこういち》。

中学の頃からボクシングジムに通っていると噂の、バチクソイケメンスポーツマンで、近寄り難《がた》さナンバーワンの男である。

まあ、あくまで俺視点の話であり、実際は友達も多いようだが。

――そして、もうひとり。

一軍メンバーの中には、桃木と鬼島の他に、一番の中心人物といえる女がいる。

「ねぇねぇ、月乃もそこでいい？」

「ん……？　まあ、別にどこでも」

月乃と呼ばれた少女の声は、今日も今日とて気だるげだ。

――――雪河月乃。

彼女は一軍のリーダー的存在で、グループが取る行動の最終決定権を握っている。

何故《なぜ》それだけの権力があるのか、それは彼女が高校生離れした美貌の持ち主だから。

強調された大きな胸に、細く締まった腰回り。

短いスカートから伸びる長い脚と、艶《つや》やかな銀髪。

加えて純白の肌と、透き通った青い目――それらはまるで、二次元のキャラのようだ。

直接聞いたわけではないが、どうやら雪河はハーフであり、それでいて帰国子女らしい。

家も金持ちだとかなんとか。

こうも住む世界が違いすぎると、もはやまったく気にならなくなる。

俺は雪河に対し、画面の向こうで活躍するスターと同じような印象を抱いていた。

「よーし！　じゃあ場所はビッグマイクで決まり！」

どうやら話はまとまったらしい。

なんとなく最後まで話を聞いてしまった俺は、気を取り直して席を立つ。

彼らのことが羨《うらや》ましくないと言えば、それは嘘《うそ》になる。

人間、つるむ相手がいるほうがいいに決まっている。

ひとりは気楽だが、俺は孤独が好きなわけではないのだ。

「えっと、君も行く？　確か永井だったよね、名前」

「……へ？」

突然桃木から声をかけられ、俺の口から変な声が漏《も》れる。

「へ？　だって、おもろ」

何がおもろいのかまったく分からないが、とりあえず桃木は笑っている。

どうやら俺は今、一軍グループの遊びに誘われているらしい。

グループの面々の視線が、俺に向けられている。

しかし、中には「どうしてこいつに声をかけたんだ？」という視線もあり、歓迎ムードではないことは明らかだった。

その視線で冷静になれた俺は、一拍おいて、浮つきそうになった心を静める。

「ごめん、このあと用事が――」

「あ、てかクラスみんなで行けばよくない？　親睦会って感じでさ。あたしってば頭いいー」

「……」

話聞けよというツッコミができるほど、俺と桃木の距離は近くなかった。

彼女が〝クラスみんな〟と口にした瞬間、教室中の人間の肩がぴくっと反応する。

「みんな行くっしょ？」

改めて桃木が教室中に問いかけると、クラスメイトたちがぞろぞろと集まってくる。

一軍メンバーのそばにいた俺は、その集合に取り込まれて動けなくなってしまった。

「俺たちも行っていいの⁉」

「えー！　私たちも行きたーい！」

「オッケー、えっと……三十人くらいか。予約できっかなー？　まあ一旦《いったん》電話してみんね」

そう言って、桃木はスマホから電話をかけ始めた。

まいった、もう全員で行く流れになっているらしい。

よくもまあ、こんな大人数でカラオケに行こうと思うもんだ。

――みんな一軍メンバーに取り入ろうと必死なんだな……。

彼らを一軍と呼んでいるのは俺の勝手だが、俺以外のクラスメイトも、彼らがカースト上位であることは理解している。

ビジュアル、発言権、何においても彼らを上回る者はいない。

誰もが一軍に入ることを夢見ているだろう。

少なくとも桃木の呼びかけで集まってきた者たちの目は、少しでも彼らに近づこうと必死だった。

「あ、でかい部屋予約できたわ。じゃあこのまま駅前向かうって感じでー」

クラスメイトたちは荷物を持ち、ぞろぞろと教室を出ていく。

とても断れるような雰囲気ではない。

「……ねぇ、永井」

「え？」

やむを得ずクラスメイトたちについていこうとしたそのとき、背後から声をかけられ、俺は振り返る。

そこには、一軍メンバーのリーダー、雪河月乃が立っていた。

あまりにも予想外の出来事に、俺はフリーズしてしまう。

「あんたさ、本当は行きたくなかったりしない?」

「……へ?」

「別に、そうじゃないならいいけど……なんかそんな気がしただけ」

俺の目を覗《のぞ》き込みながら、雪河はそう言った。

なんて返すのが正解なのだろう。

こういうとき、もっと気の利《き》いた返しをできる人間であればよかったのに。

「ハル……あ、桃木のことね。あの子、結構強引《ごういん》なところあるから。嫌なら言わないとダメだよ」

雪河が、俺に気を使ってくれている。

一見、冷たい印象を受ける彼女だが、思ったよりも優しい一面があるのかもしれない。

「……大丈夫、嫌ってわけじゃない」

「そう?　ならいいけど」

首を傾げた雪河は、そう言って教室を出ていった。

確かにさっきまでの俺は、この誘いを断ろうと考えていた。

しかし、雪河の意外な一面を見て、俺は少なからず彼女に興味を抱いている。

お近づきになりたいなんて、おこがましいことは考えていない。

ただ彼女のおかげで、たった一日くらいなら、普段と違うことをしてみようと思えた。

ただ、それだけだった。


俺の気まぐれが後悔に変わったのは、それからすぐのことだった。

『～♪』

カラオケに到着してから、端から順にマイクが回されていた。

今は確か――――そう、小田君が歌っている。

この場を設けた桃木たちは、最初に散々歌ったあと、雑談しながらスマホをいじっていた。

その様子を見る限り、すでにこの状況に飽きているらしい。

人によっては、なんとか一軍に気に入られたいと思ったのか、ウケ狙《ねら》いの曲を入れていた。

しかし、これが一切《いっさい》刺さらず。

諦《あきら》めた者たちは、お互いグループを作って二軍、三軍に甘んじようとしていた。

何ひとつ動こうとしない俺が言うのもあれだが、賢明な判断だと思う。

苦しむと分かっている高望みは、避けるほうが無難だ。

――そういえば……雪河は何も歌わなかったな。

周りと一緒にスマホをいじっている雪河のほうに視線を送る。

組まれた剝き出しの太ももに、視線が吸い寄せられそうになるが、俺はそれを無理やり堪《こら》えた。

雪河の表情は、とても楽しそうには見えない。

もしかして、雪河が教室で声をかけてきたのは、自分も参加したくなかったから?

――いや、まさかな。

一軍のリーダーである彼女が、わざわざやりたくないことに付き合う必要はない。

「面倒だからやめよう」、そんな言葉ひとつで、グループの意見を曲げてしまえるのだから。

「……ねぇ。次、永井の番だよ?」

「へ?」

突然声をかけられ、俺は雪河から意識を逸らす。

いつの間にか、目の前に桃木が立っていた。

彼女の手には、曲を入れるための端末がある。

「へ? だって。やっぱおもろいね、君」

「おもろいって何……?」

「おもろいもんはおもろいの。ほら、永井の番だから、さっさと曲入れなよ」

「……」

俺はひとまず端末を受け取る。

桃木がわざわざ俺に端末を持ってきた理由は分からないが、受け取ってしまった以上、曲を入れないという選択肢はないだろう。

さて、どうしたものかと考える。

桃木に直接端末を渡されたことで、一軍の面々の視線が俺のほうに向いていた。

まるで一発芸でもやってみせろと言われている気分だ。

しかし、俺は決めたのだ。今日だけは普段と違うことをしてみるって。

これで何も変わらなければ、諦めがつくというもの。

「ほら、早くー」

桃木に急かされるまま、俺は曲を検索した。

というか、何故こいつは俺が入力するところを見ているのだろう。

いくら退屈だからとはいえ、陰キャに絡《から》んでも面白《おもしろ》くないと思うのだが。

――――これでいいか……。

ひとまず目当ての曲を見つけた俺は、それを機器へと送信する。

「その曲『アブソ』じゃん！」

「え、知ってる?」

「今どきアブソ知らないやつなんていないっしょ。……まあ、永井の入れた曲は知らないけど」

『アブソリュート』略してアブソ。

彼らは日本のロックバンドであり、年末の歌番組にも出演するほどの人気を誇る、まさしくスターである。

最近では大ヒット映画の主題歌などを務め、さらに人気を高めていた。

そんな彼らの曲を入れたわけだが、この曲を知っている者は、おそらくこの場にはいないだろう。

この曲はアブソリュートの黒歴史とされている、アニメ『トゥエンティナイツ』の劇中歌だ。

二十人の騎士が最後のひとりになるまで殺し合う、一見重たく感じるアニメ。

しかしその重たさは表面だけであり、実際は大して思い入れもないキャラたちが、よく分からないまま死んでいくクソアニメである。

世間からまったく評価されなかったという面から、一般人が知っている可能性は、極めて低い。

アブソもこのアニメに曲を提供したことを黒歴史だと思っているようで、ライブでもやらないし、アルバムにも収録されない珍しい曲となっている。

――逆にアブソの曲で知ってるの、これくらいなんだよなぁ……。

俺の曲のレパートリーは、オタクらしくアニソンばかり。

しかし、まさにアニソンといった曲を歌うのはさすがに抵抗があり、最終的に残った候補が、この曲だった。

――これを歌い切ったらノルマ達成……これを歌い切ったらノルマ達成……！

何度もそう自分に言い聞かせる。

俺は心を無にして、淡々と曲を歌い上げた。

決して上手《うま》くはないであろう、俺の歌。

それでも何故か、雪河と桃木だけは、スマホをいじらずちゃんと最後まで聴いてくれていた。


「――――ふーん、いい曲じゃん」

そう言い残し、俺から端末を受け取った桃木は、元の席へと戻っていく。

なんとか自分の番を乗り越えたわけだが、正直、居心地はさらに悪くなってしまった。

一軍女子に絡まれたことで、二軍三軍グループから訝しげな視線を向けられている。

自分たちよりも明らかに冴《さ》えないやつが、一軍の中心メンバーに声をかけてもらっている。

彼らとしては、それが面白くないのだろう。

――帰るか。

慣れないことをやってみたが、やはり何も変わりはしない。

少しは話しかける勇気が湧《わ》くかと思ったが、そんなこともない。

これはこれで仕方がない。最初から望みは薄かったのだから。

席を立った俺は、桃木のもとへ向かう。

「ごめん、用があるからそろそろ帰るよ」

「あ、マジ?」

一軍メンバーと雑談していた桃木に声をかけると、彼女は鬼島のほうへ視線を送った。

「鬼島ー、今日ひとりいくらだっけ?」

「あー、フリータイムでひとり千二百円だな」

「おっけー。永井、悪いけど千二百円置いてってくれる?」

俺はひとつ頷《うなず》き、財布から取り出した千二百円をテーブルの上に置いた。

「あんがとね。じゃ、また学校で」

「ああ、また学校で」

そう言い残し、俺はそそくさとカラオケを出た。

そのまま早歩きで駅に向かった俺は、ホームで電車を待つ。

なんだか、ドッと疲れた。

一体、桃木はなんのために俺を構ったのだろうか。

陰キャを弄《もてあそ》びたかったと言われたら、まだ納得がいくが。

――結局、人は簡単には変わらない……か。

いい機会だと思ったのに、結局居心地の悪さから逃げ出して、ひとりで帰ろうとしている。

なんとも情けない。ただ、この苦しみを乗り越えてまで友人が欲しいかと訊かれたら、その答えはノーだった。

「はぁ……」

ホームのベンチに腰掛け、天を仰《あお》ぐ。

誰の力も借りず、誰のことも頼らなくていいまま生きていけたら、こんなに苦しまずに済んだのに。

そんなふうに考えてしまう自分が、ますます嫌になる。

鬱々《うつうつ》とした気持ちの中、俺は『トゥエンティナイツ』の作中に出てくるセリフを思い出した。

「明日なんてこなけりゃいいのに」

「――――いいセリフだよね、それ」

「ああ、このセリフだけは本当によかった……って」

聞こえるはずのない声が聞こえ、思わずベンチから立ち上がる。

そこにいたのは、息を切らし、頬《ほお》を上気させた雪河月乃だった。

「はぁ……やっと追いついた。あんた歩くの速すぎ」

「お、俺を追って……？　なんか忘れ物とかしたっけ……」

「忘れ物じゃない。あんたと話がしたかったから、追ってきただけ」

「俺と話……？」

「何、その信じられないって顔」

「いや、だって雪河と俺ってなんの接点もないしさ」

「さっきできたよ、接点」

「……？」

「あんた、『トゥエンティナイツ』知ってるんでしょ？」

その言葉を聞いて、俺は目を見開く。

驚いた。まさか雪河の口からその名前が出るなんて。

何度も言うが、『トゥエンティナイツ』は本当にマイナーアニメなのだ。

割と古いアニメだし、高校生が知っている可能性はほとんどない。

ましてや、雪河みたいなギャルが知っているとは、夢にも思っていなかった。

「私、好きなんだ。『トゥエンティナイツ』。だから……知ってそうなあんたと話してみたくて」

「……マジか」

「少しでいいから、話さない？」

あまりの出来事に動揺しすぎた俺は、思わず頷いてしまった。

この日を境に……俺の人生は、少しずつ予期せぬ方向へと進んでいく――――。

第二話　ギャルとオタクトーク

yukikawasan

――まさか、俺《おれ》が雪河《ゆきかわ》と一緒に帰ることになるなんて……。

ちらりと隣に視線をやれば、そこにはあの雪河月乃《つきの》が座っている。

あのまま話していては、他のクラスメイトに見つかると考えた俺たちは、電車で移動することにした。

別にやましい話をするわけでもないし、誰《だれ》に見られたところで特に問題はないはずだが、少なくともアニメの話をするのは難しくなってしまうだろう。

「それでさ、『トゥエンティナイツ』のあのシーン分かる？　六話で主人公が七番目の騎士に言ったセリフの……」

「『もっと心をヒートアップさせなよ』だろ？　なんか状況とセリフが合ってなくて、さすがに噴いた」

「分かる。しかもあそこだけ無駄に作画がよくて、それも相まって面白《おもしろ》いってゆーか」

「多分、本人たちが真剣だから面白いんだろうな」

そのシーンを思い出し、俺たちは笑う。

雪河は、想像以上に『トゥエンティナイツ』のオタクだった。

あのクソアニメを知っているだけで物好きなやつだと思うのに、彼女はそれを何度も周回しているらしい。

こんなに物好きな人間は、なかなか出会えないだろう。

「永井《ながい》って、アニメとか結構観るの？」

「ああ、趣味だからな」

「ふーん……じゃあ私と一緒か」

「え？」

「何、その信じられないって顔」

「いや……そりゃそうだろ」

何度でも言うが、雪河はクラスの一軍の、さらに中心にいる親玉のような存在だ。

誰がなんと言おうが、俺はそう認識していたし、きっと俺以外のクラスメイトも、そう思い込んでいる。

放課後や休みの日は、友達と集まって遊び放題。

趣味はＳＮＳに映える写真を上げること――――そんなイメージを抱いていた。

「別に、映える写真なんて興味ないし。どちらかというと『つぶやったー』派だし」

「へ、へぇ……なんか、偏見《へんけん》で語って悪かった」

「別にいいけど……逆になんでそんなイメージばっかりなの？」

「桃木《ももき》とか鬼島《きじま》みたいなイケイケ連中とつるんでるし、友達なんて向こうから寄ってくるって感じだったから……やっぱり友達と遊ぶのが趣味なのかと」

　俺がそういうと、雪河は不満げに頰《ほお》を膨らませる。

　こいつ、こんな顔もするんだ。

　普段のクールな態度とのギャップで、やたらと可愛《かわい》らしく見える。

「……別に、つるむのが趣味ってわけじゃないし。本当は今日も帰って漫画読みたかったし、アニメも観たかったし……でも、人間関係は大事ってパパが言ってたから」

　ため息をつきながら、雪河は困った顔をする。

「ハルとか鬼島と遊ぶのも楽しいけど……やっぱりみんな、アニメとか漫画には興味ないみたいだし？　好きなものについて話せないのって、結構息が詰まるってゆーか……」

「……気持ちは分かるよ」

　友達に囲まれて、高校生活をエンジョイしているとばかり思っていたが、実際はそこまで充実しているわけではないようだ。

「……でも、えらいな、雪河は」

「え？」

「ボッチ極めてる俺が言うのもあれだけど、やっぱり人間関係って大事なものだと思うし、自分の趣味の時間を削ってでも人付き合いを優先するって、本当にすごいと思う」

それは、俺にはできないことだ。

人付き合いから逃げて、逃げて、逃げ続けて、その逃げ場をオタクコンテンツにしているのが、俺だ。

俺も雪河のように生きられたら、少しは違う高校生活が待っていたのかもしれない。

「そんなふうに言われたの……なんか初めてなんだけど」

「……照れてる？」

「は？　照れてないし」

そう言いながら、雪河は俺から顔を逸らした。

どこか別世界の人間だと思っていた彼女だが、こうして見ると、やはり俺と同じ高校生にしか見えない。偏見というのは、こうも人を盲目にしてしまうのか。

俺は、これまで歪《ゆが》んだ見方をしていたことを、深く反省した。

「……それで、このあとどうするんだ？　もうすぐ俺の最寄り駅だけど」

「あんたんちの近くって、喫茶店とかある？　もうちょい話したいし、あるならそこでいいよ」

「ファミレスなら」

「じゃあそこで」

なんだろう、この感じ。

もうちょい話したいと言われただけで、妙に胸がソワソワするというか。

――勘違いするなよ、俺。

俺は心の中で、浮ついた自分の頭を叩《たた》く。

相手に求められているなんて思うな。

そういう傲慢な心が、人を調子に乗らせるのだ。

「雪河は、他にどんなアニメを観るんだ？」

気を取り直して、俺はずっと気になっていた問いを投げる。

「んー……実は最近のアニメはあまり。ちょっと古めのアニメばっかり観てる」

「そっちのほうが好きなのか？」

「そういうわけじゃないんだけど……ほら、最近のアニメってすごく種類が多いから、もうどれから観ていいか分からなくて。なんか無意識のうちに避けてるんだよね」

「種類が多いのは同意だけど、ちょっともったいないな」

「それな。……ねぇ、あとでおすすめも教えてくんない？」

「別にいいけど……」

おすすめか。

今まで趣味の話ができる相手がいなかったから、正直パッとは思いつかない。

多分こういうときは、雪河の好みを探るべきだろう。

「最近のアニメで、気になる作品はなかったのか？」

「……名前しか知らないけど、『時をかける宅配便』はインパクトがあって気になったかな」

「あー」

『時をかける宅配便』は、宅配業者になった主人公が、過去の世界に荷物を届けにいくというSF作品だ。

主人公は、現代に生きる人から宅配の依頼を受けて、それを指定の時代の人物に届ける『時越え運輸』に就職したひとりの男性。

この作品の魅力は、配達の過程で描かれる人の温かみや醜さだったり、個性豊かな登場人物たちとのコメディチックなやり取りにある。

派手さはないが、ほっこりする物語を観たい人には、かなりおすすめの作品だ。

「それだったら原作持ってるけど、帰りに貸そうか？　気に入ったらアニメも観るとかさ」

「え、原作持ってんの？」

「一応、全巻揃《そろ》えてるよ。漫画集めも趣味だから」

「……じゃあ、ひとつワガママ言っていい？」

「ん？」

「あんたんちに行ってさ、そこで話すってのはどう？」

「ちょっとそれは――――」

っと、危ない。電車の中で大きな声を出すところだった。

それにしても、俺の家に来るというのは絶対にない。ありえない。

部屋に人を招くなんて、こっちは想定もしていないのだ。

「……無理だな。俺、ひとり暮らしだし」

「ひとり暮らし？　高校生で？」

「ま、まあ……ちょっと家の都合で」

「じゃあますます行きやすいじゃん」

「ど、どうしてそうなるんだ……？」

「もしかして、私が行くの嫌？」

「嫌じゃないけど……むしろ気にするのは雪河のほうだろ？」

ひとり暮らしの男の家に、女子がひとりで遊びにいくなんて、普通は警戒するシチュエーションだろう。

「私は別に気にしないし、むしろファミレス代が浮いて助かるけど」

「……確かに」

ファミレス代があれば、漫画が一冊買える。

高校生にとって、その金額は決して小さくない。

「あと、もの借りるのってちょっと苦手。汚しでもしたら最悪じゃん」

「ぐっ……」

分かる。俺も人からものを借りるのはすごく抵抗がある。

「……分かった、じゃあ、今日は俺の家で」

「そうこなくっちゃ」

――ちゃんと片付けしてあったかな。

急に不安になってきた。


「わ……めっちゃ広いじゃん」

最寄り駅から徒歩十分。

俺が住んでいるマンションまで来た雪河は、部屋に入って早々、目を輝かせた。

確かに、高校生のひとり暮らしという割には、広いほうだと思う。

十畳のリビングと、六畳の居室の１ＬＤＫ。

六畳のほうは寝室で、リビングのほうには大きなテレビと、三人掛けのソファーがひとつ。

その他のスペースは、ほとんどが本棚で埋まっている。

「ここは親父がたまたま持ってた物件で……って、小難しい話はいいか」

俺はワイシャツのネクタイを外し、雪河にはソファーに座るよう勧めた。

「とりあえず飲み物でも用意するよ。えっと……インスタントコーヒーでいいか？」

「うん、ありがと」

キッチンでお湯を沸かし、インスタントコーヒーを淹れる。

その間、ふとリビングを覗《のぞ》き込むと、そこにはソファーに寄りかかってダラダラし始めた雪河の姿があった。

男の家で二人きりだというのに、ずいぶんとリラックスしている。

――まあ、こっちとしてもありがたいけど……。

緊張されると、こっちも変に意識してしまう。

むしろこれだけラフな態度でいてくれたほうが、俺としてはありがたかった。

「……はい、コーヒー。砂糖とミルクは自分で入れてくれ」

「ありがと。ごめん、ダラダラしちゃって」

「それは別に構わないけど」

「なんかこの部屋すごく落ち着くんだよね……いい匂《にお》いがするっていうか」

そう言いながら、雪河は匂いを嗅ぐ様子を見せる。

正直、かなり恥ずかしい。

「ごほんっ……とりあえず、『トゥエンティナイツ』流しとく？」

「うん、それあり」

俺はテレビで配信アプリを開き、『トゥエンティナイツ』を一話から流す。

「何度観ても思うんだけど、やっぱり登場人物多すぎだよね」

「ああ、俺もそう思う」

まず一話から二十人全員の背景を描こうとしているところが、すでに間違っている気がした。

騎士が己《おのれ》の目的のために殺し合う話なのに、十二話という短い話数しか与えられなかったせいで、色々ぎゅうぎゅう詰めになっている。

真面目《まじめ》な戦闘シーンも、尺不足なせいか異様に早口になっており、高度なギャグシーンと化していた。

「……シュールギャグとしては、完成度高いよね」

「監督はそういうつもりで作ったんじゃないって怒ってたみたいだけどな」

「へぇ……てか、インタビューとか見るんだ。私、そういうのは全然興味ないんだよね」

「一度観た作品の情報はとりあえず調べたくなるタチでさ」

作中に出てきた知らない言葉や、気になったことがあったら、すぐに調べるようにしている。

そこまでやる意味は何かと訊かれたら、明確な答えがあるわけじゃない。

俺にとっては、もはや癖《くせ》のひとつなのだ。

ただ、使う機会に困るようなうんちくや知識が溜《た》まっていく感じは、ぶっちゃけ嫌いじゃない。

「じゃあ……『トゥエンティナイツ』がこんなふうになったのは、監督のせいなのかな」

「……いや、どうなんだろう。同じ監督が作った『マリオネット・ハーレム』はめちゃくちゃよかったし」

「え、あれ監督一緒なんだ……そっちは最高の出来だったよね」

「ちょっと古い作品だけど、キャラクターに古臭さが一切《いっさい》ないし、面白かったよな」

『マリオネット・ハーレム』、略して『マリハレ』とは、普通の男子高校生の主人公が、人形職人の祖父が残した四体の自我を持つ人形と繰り広げる、学園ハーレムラブコメ作品だ。

人形たちは人間とそっくりな外見をしているが、やはりどうしても人とは違う部分があるというジレンマが切なくて、ドタバタラブコメの中にきちんと泣けるポイントが作られている。

そういった部分が高く評価されて、いまだにネットでは度々話題に上がる傑作として有名だ。

「……そういえば、原作読んだことないな。『マリハレ』って原作漫画？　それともラノベ？」

「漫画だよ。ちょっと待ってて」

俺はソファーから立ち上がり、近くの本棚から『マリハレ』の漫画を持ってくる。

漫画は全十五巻。

引き延ばしもなく、最終巻で綺麗《きれい》に終わっている。

アニメの出来は、原作の質の高さがあってこそ。

いまだに根強いファンがいるのも、納得である。

「え、読んでいいの？」

「気になるなら読みなよ。アニメじゃ尺の都合で削られた部分とかもあるし、内容を知ってても楽しめると思う」

「……そこまで言われたら、ますます気になっちゃうじゃん」

そう言って、雪河は俺から『マリハレ』を受け取った。


「……」

それからしばらく、部屋にはアニメの音声と、雪河がページをめくる音だけが響いていた。

ボケーっと画面を見ていた俺は、ふと気になって雪河のほうへ視線を向ける。

「……っ！　……！」

――めっちゃ表情豊かだな。

ページをめくるたび、雪河の表情はコロコロと変わった。

笑顔になったり、悲しそうな顔になったり、痛そうな顔をしたり。

同じクラスになってから、まだ一週間しか経《た》っていないが、教室で見る彼女とは明らかに様子が違う。

周りが楽しそうにしていても、クールなすまし顔をしていた彼女とは――。

「こっちのほうが親しみやすいな……俺にとってはだけど」

「ん……なんか言った？」

「別に。コーヒーのおかわりが必要なら言ってくれ。インスタントだけど」

そう言って、俺はコーヒーを淹れるためにソファーを立った。

◇◆◇

「────めっちゃよかった」

そんな言葉と共に、雪河は『マリハレ』の最終巻を閉じた。

読み切った漫画たちを少し離れたところに置いた彼女は、テーブルの上に置いてあったティッシュで鼻をかむ。

どうやら最終話で涙腺が崩壊したらしく、後半は彼女のすすり泣く声が聞こえていた。

「内容知ってるのに、最後クッソ泣いた……やっぱりいいね、『マリハレ』」

「分かるよ。何度読んでも泣ける」

俺がそう言うと、何故《なぜ》か雪河は驚いた表情を浮かべた。

「……永井って、作品で泣くタイプなんだ。淡々と読むタイプかと思ってた」

「そんな血も涙もないやつみたいな……泣くときは普通に泣くよ、そりゃ」

「ふーん……じゃあ、私と同じだね」

いたずらっぽく笑った雪河の顔に、思わずドキッとする。

普段のクールで近寄り難《がた》い雰囲気とのギャップが、俺の心を強く揺さぶった。

「……てか、ごめん。『マリハレ』を読むために来たわけじゃないのに、もうこんな時間になっちゃった」

「あー……まあ仕方ないな」

スマホの時計には、二十一時半と表示されていた。

高校生が帰宅するにしては、あまり褒められた時間ではない。

「俺も気づかなくて悪かったよ。他の漫画のほうは、また別の機会に――――」

「ねぇ、永井、もうひとつお願いなんだけどさ」

「ん？」

雪河は少し迷った様子を見せたあと、申し訳なさそうにしながら、俺の顔を覗き込んできた。

「その、さ……今日泊まっちゃだめ？」

「――――はい？」

言葉の意味が理解できず、俺は首を傾げる。

泊まる？　雪河が？　俺の家に？

「……嫌なら、別にいいけどさ」

そう言って、雪河は悲しげな表情を浮かべる。

「嫌っ……じゃないけど」

「じゃあ、いいってこと？」

「うっ……」

くそっ、厄介な質問ばかりしやがって。

あんな顔を見せられたら、駄目とは言いづらいじゃないか。

「……分かった、いいよ」

「っ！　ありがと、永井！」

雪河の危機感のなさに、思わず頭を抱えそうになった。

男として見られてないということなのだろうか？　それなら、まあ、いくらか気持ちも楽になるな。

◇◆◇

「……」

浴室のほうから、シャワーの音が聞こえてくる。

ソファーにいる俺は、その悩ましい音に頭を抱えていた。

――そりゃ、泊まるならシャワーはうちで浴びるよな……。

思わず雪河が泊まることを受け入れてしまった俺だが、冷静になるにつれて、胸がやけに高鳴っていることに気づく。

分かる。分かっている。

別に雪河とは何も起きないって、ちゃんと分かっているんだ。

それでも、俺だって一応男であるわけで。

このシチュエーションに何も感じないなんてことは、不可能だった。

「っ……」

シャワーの音が止まる。

それからしばらくして、雪河がリビングへと戻ってきた。

「シャワーありがと。さっぱりした」

「ああ、それくらい別に――――ぶっ」

戻ってきた雪河の恰好を見て、俺は思わず噴き出してしまう。

雪河には着替えとして、Tシャツとジャージのズボンを預けた。

ちゃんと預けたはずなのに……。

「なんで下穿《は》いてないんだよ⁉」

そう、雪河は、何故か渡したはずのジャージを穿いていなかった。

幸いTシャツのサイズが大きかったおかげで、かろうじて股下まで隠れている。

しかし、それでもなかなかきわどい恰好と言えた。

目を逸らす前に視界に入ったのは、Tシャツの裾《すそ》から伸びた艶《なま》めかしい素足。

本当にたった一瞬の光景だったのに、やたらと目に焼きついてしまって、頭から消えてくれない。

「あ、ごめん。ちょっと腰回りと丈が合わなくてさ」

「ああ、そっか……悪い、配慮が足りなくて」

雪河にとって、確かに俺のジャージは少々大きいかもしれない。

俺の気遣いも足りなかったようだ。

「あれー？　もしかして照れてる？」

「おまっ……電車のときの仕返しか、それ」

「さーね。ジャージは返すよ。私は別にこのままでも大丈夫だから」

「雪河が大丈夫でも俺が大丈夫じゃないよ……ちょっと待っててくれ」

確かクローゼットの奥に中学の頃の体操着が残っていた。

つい先日まで使っていた物だし、虫に食われてたりはしないはず。

すぐにそれを見つけ出した俺は、雪河へと渡した。

「これを穿いてくれ。洗濯はしてるから綺麗だと思う」

「ありがと」

「雪河って……結構慣れてるのか？　その、こうやって人の家に泊まるの」

あまりにも堂々としているため、気になったというか、なんというか。

ほぼ無意識のうちに、俺は雪河に向かってそう問いかけていた。

「いや、初めてだけど」

「そうか、やっぱり――――って、初めて⁉」

「うん。私、あんまり友達いなかったから」

そう言いながら、雪河は寂《さび》しげにため息をついた。

「中学まで海外にいたから、こっちに友達いなかったし……別に海外でも友達がいたってわけでもなかったし」

「……意外と陰キャなんだな、雪河って」

「ちょっと、陰キャって言わないでよ」

「それは悪かった。じゃあ……控えめな性格？」

「大して意味変わってないよ」

そんな会話をしていたら、自然と俺たちは笑顔になっていた。

久しぶりに、他人と会話が嚙《か》み合《あ》っている気がする。

「なんか、家族以外でこんなに話したの久しぶりかも」

「……そういえば、親は大丈夫なのか？　その……泊まることになってさ」

「そういうのは私の判断に任されてるから、大丈夫。二人とも気ままに仕事してるから、あんまり帰ってこないしね」

「どんな仕事だよ、それ」

「パパが写真家で、世界中を飛び回ってんの。ママは基本それの付き添い。だから二人とも月に何回か帰ってくるだけで、基本的に家には私しかいないんだよねー」

「へぇ……！」

写真家か。なかなか聞かない職業だし、ちょっと興味あるな。

「でも……こんなふうに自分の城？　って感じのひとり暮らし、マジ憧《あこが》れる。私も大して変わらないけど、やっぱ全部自由ってわけじゃないし」

そう言いながら、雪河は改めて周囲を見回した。

「ねぇ、永井はいつからこの部屋に住んでんの？」

「んー……ちょうど一ヶ月くらいかな」

「本とかは家から持ってきた感じ？　割と年季入ってるし」

「ああ、昔からコツコツ買ってたんだ。あとは家具もほとんど貰《もら》い物《もの》だから、ちょっと古い感じがするのが難点だな……」

「私は味だと思うけどね。趣がある的な？」

ソファーを撫でた雪河は、楽しそうに笑った。

普段とはまったく違う、表情が豊かな彼女は、どうしたって俺の心を惹《ひ》きつける。

もっといろんな表情が見たい――――自然とそう思ってしまうような、強い魅力を感じる。

周りの人は、まだ彼女のこういった部分を知らないのだと思うと、少しばかり優越感すら覚えた。

――分かってる。どうせ今だけだ。

俺は多くを望める立場にいない。

雪河のことを独り占めしたいなんて思わないし、このまま関係を発展させたいとも考えない。

その溢《あふ》れる魅力で他人を惹きつける彼女は、もっと多くの人に囲まれるべき存在だ。

これだけの美貌……いつかはモデルや芸能人になる可能性だってある。

俺がひとつ望むとしたら、今日みたいに好きな作品について語り合えるような、オタク趣味を共有できる友人になること。

生まれて初めて、俺は人と〝オタ友〟になりたいと願っている。

俺は立ち上がって、本棚から漫画を取り出した。

そのタイトルは、『時をかける宅配便』。

「ほら、今日はこれを読みに来たんだろ？」

「あ、そうだった」

「俺も風呂《ふろ》入ってくるから、好きに読んでてくれ。お茶でよければ冷蔵庫に入ってるから、喉《のど》が渇いたらご自由に」

「あんがと。なんか、至れり尽くせりじゃん」

「この家初めての来客ですから」

「うむ、くるしゅーない」

「お姫様か何かですか？」

「姫って……そんなに可愛いかな、私」

「そ、そういう意味で言ったわけじゃねぇよ……！」

慌てている俺を見て、雪河はケラケラと笑う。

俺も雪河と同じで、人とこんなに会話したのは久しぶりだった。

不覚にも、俺はかなりはしゃいでいた。

そのことを少し恥ずかしく思いつつ、俺は風呂場へと向かう。

――あ、そういえば、寝床はどうしようか。

うちのベッドはダブルサイズだし、二人寝られないこともないけど――。

……って、ありえない。

一瞬ラブコメ脳に切り替わった頭を、無理やり正常に戻す。

俺がソファーで寝て、雪河にはベッドで寝てもらえば済む話だ。

かけがえのないオタ友を目指すためには、常に心は清らかでなければならない。

――邪念を殺せ……消えよ煩悩。

頭の中でそんな呪文を繰り返しながら、俺は改めて風呂場へと向かった。

◇◆◇

風呂場へ向かった永井を見送って、私はほうっと息を吐いた。

――落ち着くなぁ、この部屋。

私はソファーに深く腰を沈めながら、改めて部屋の中を見回す。

部屋を囲むように置かれた本棚の中には、びっしりと本が詰まっている。漫画だけでなく、ラノベや一般文芸まで、その種類は幅広い。

部屋の隅には、積まれたアニメのＤＶＤ。それから、ほのかに香るインスタントコーヒーと、紙の匂い――――。

私はすでに、この部屋の虜《とりこ》になっていた。

「……永井も、結構いいやつだし」

この部屋の主である彼のことを、私はよく知らない。

しかし、不思議と話していて心地がいい。

きっと、ありのままの私でいられるからだろう。

――ハルや鬼島はともかく、他のメンツはほんとにアニメとか嫌いっぽいし……。

偏見を持たれても嫌だから、私は自分の趣味を隠している。

そのせいで、私は彼らに深く踏み込むことができないでいた。

ここは、私の〝好き〟を肯定してくれる。だから落ち着く。

ただ……我ながら、勢いに任せて家まで押しかけてしまったのは、やりすぎだったかもしれない。彼氏なんていたことないし、男の子の部屋に来たのも初めてだ。

別に、意識しているわけじゃない。

それに多分、永井だって私を意識しているわけじゃなさそうだ。

「……それはそれで、ちょっとムカつくけど」

これでも私は、かなりモテるほうだ。

容姿だって――まあ、比較的イケてると思う。

意識されるのは困るけど、意識されなくてもムカつく。

……なんだろう、この複雑な感情は。

「はぁ……もういいや、漫画読もっと」

疲れるから、考え込むのは好きじゃない。

今はひとまず、この部屋でダラダラさせてもらおう。

第三話　一夜が明けて

鳥のさえずりが聞こえ、カーテンの隙間《すきま》から、日差しが入り込んでいた。

時刻は朝の七時。

ソファーに腰掛けていた俺《おれ》は、隣に座る雪河《ゆきかわ》に声をかけた。

「朝……だな」

「うん……朝だね」

「徹夜しちまったな……」

「そうだね……」

がくりと同時に項垂れる。

まずは事の顚末を話そう。

昨日の晩、俺たちは各々の過ごしたいように過ごしていた。

しかし、零時を回った頃、『時をかける宅配便』を読み終わった雪河と、感想交換会を行っていたときのこと――――。

yukikawasan ga

「あ、これ『スマシス』じゃん」

テレビのそばに置いてあったゲームソフトを、雪河は手に取った。

『スマッシュシスターズ』、略して『スマシス』。

様々なゲームの女性キャラを集めた、お祭り格闘ゲーム。

現在ではプロ部門が設立されたくらい、超有名ゲームである。

「ああ、買ってから全然やらなかったんだけど、一応持ってきたんだった」

「え、なんで？　面白《おもしろ》いんでしょ、これ」

「やる相手がいなくて……」

「……そっか」

「あの、本気で憐れまないでくれる？」

余計惨めになるんで。

「じゃあ一緒にやろうよ、これ。興味あったんだよね」

「いいけど……時間大丈夫か？　もう零時回ってるし、そろそろ寝ないと明日に響くぞ」

「んー……少しなら大丈夫じゃん？」

「……そうだな。少しならいいか」

どうせ今から寝ようとしたって、すぐには寝つけない。

まずは、繋《つな》いですらなかったゲーム機をテレビに繋ぐ。

そしていざコントローラーを握りしめ、ゲームを起動した。

――それこそが、最大の過ち。


「永井《ながい》、なんかキャラ少なくない？」

「全然やらなかったからな……確か、ストーリーモードをクリアすると解放されるんじゃなかったか？」

「ストーリーって協力プレイできる？」

「でき……るみたいだな」

「じゃあサクッとやっちゃおうよ」

雪河と共に、ストーリーモードを攻略していく。

お互い初心者だったせいで、最初は雑魚敵にも大苦戦。

しかし、徐々に操作を覚えて、やがてはボスを倒せるまでに成長した。

そうしてお目当てのキャラは解放されたのだが……。

「なんか、ここまで来たらクリアしたくない？」

「……分かる」

お目当てのキャラが解放されたのは、ほぼ終盤だった。

ここまで進めるのにかかった時間は、三時間程度。

あと一時間くらいなら、睡眠時間を削っても問題ない――――はず。

「よし、行くぞ」

「うっし、頑張ろう」

――そこからの記憶は、どこかおぼろげだ。

まず、ラスボスがとにかく強かったことは覚えている。

そして道中に出てきた敵幹部たちも、軒並み強かった。

一戦一戦きちんと苦戦して、なんとかラスボスを倒してエンドロールが流れ始めたそのとき、時刻はちょうど朝の七時を指していた……というわけである。

「面白かったけどさ……やっちゃったよね、これ」

「ムキになりすぎたな……まさかあんなに負けるなんて」

「これ、子供でもやってんでしょ？　勝てるの？　あんなの」

「きっと今の子供は、俺たちよりもゲームが上手《うま》いんだよ」

「……なんかショック」

そう言いながら、雪河は大きなあくびをした。

「……準備しなきゃ。ちょっと机借りていい？」

「別にいいけど……」

「あんがと。せめて顔色くらいはよく見せないとね……」

そう言いながら、雪河はメイク道具を広げた。

「これ全部メイク道具なのか？」

パッと見、何に使うか分からない道具ばかり。かろうじてリップは分かるが、他はなんだ？

「そう。これが化粧下地で、これがファンデーションね。んで、こっちがフェイスパウダー、アイシャドウ、アイライナー、マスカラ、アイブロウ。あとは化粧水と、ヘアアイロン」

ひとつひとつ名称を教えてくれたが、全然頭に入ってこない。

これがスクールバッグの中に入っていたのか、どうりで重そうだと思った。

「まさかとは思うが……これ、毎日持ち歩いてるのか？」

「さすがに全部持ち歩いてるわけじゃないけどねー。下地とか化粧水は、途中のコンビニで買ったやつだし。他のはメイク直すときに使うから、いつもバッグに入れてる」

「マジか……」

「すっぴんで学校行くとかマジありえないし。これくらい普通っしょ」

「……恐れ入ったよ」

まさかとは思うが、女子の中ではこれが常識なのだろうか？

――こう見ると、男って本当に楽だな……。

制服に着替えて、髪を少し整えて、それで終わり。

少なくとも、俺の支度《したく》なんてそんなものだった。

彼女の準備とは、まさに天と地ほどの差がある。

「こんなに大変な思いをしてんだな……毎日」

「もう慣れちゃったけどね。……てか、よく考えたら家にまだあんのに下地と化粧水買っちゃったな」

そう言いながら、雪河はげんなりした表情を浮かべた。

「メイク直すのにわざわざ下地からやらないから、普通は持ち歩かないんだけど……メイクするならこれなきゃ始まんないしさあ。ひとんち泊まるとこういうこともあるのか、ミスったわ」

「……使い切れるのか？　そういうのって」

「無理。だから困ってんの」

「どうすんだ、それ」

「うーん……あ、そうだ。じゃあさ、これ置いてっていい？」

「え？」

突然そう訊かれた俺は、思わず首を傾げる。

「また泊まることになるかもしんないし、新しく買うのも面倒じゃん？　置かせてもらえるとめっちゃ助かるんだけど」

「ああ……それはいいけど」

——いや、ちょっと待て。

「また泊まりに来るのか……？」

「うん。全然漫画読み切れなかったし、普通に泊まりたいんだけど……だめ？」

「だめ……じゃないけどさ」

「やった。じゃあ次はいつ来ていい？」

「べ、別にいつでも大丈夫だ。俺がいるときなら」

「分かった。……言ったかんね」

そう言いながら、雪河は俺の肩を小突いた。

◇◆◇

少し早めに家を出た俺たちは、最寄り駅から電車に乗り込んだ。

「ふわぁ……」

隣に座る雪河が、口を押さえながらあくびをする。

それに釣られるように、俺もあくびをした。

「あ、うつった」

「眠いな……」

そんなことを言いながら、今度は二人同時にあくびをする。

眠い。あまりにも眠い。

「はぁ……学校ってさ、どうしてこんなに苦しんでまで、行かなきゃいけないんだろ」

「だな……」

「好きなときに休ませてほしいよね」

「だな……」

「……ちょっと、さっきから返事が全部一緒なんだけど」

だな――――と言いそうになって、俺は口を噤んだ。

「駄目だ……頭が回らない」

「私もー……あ、そうだ」

何かを思いついた様子の雪河が、俺のほうを見る。

「ねぇ、ちょっと肩貸してくんない？」

「肩？」

「そう、肩」

「んー……別にいいけど――――」

俺が言い切る前に、雪河は俺の肩に頭を預けた。

重いような、軽いような。不思議と心地がいい重みが、俺の肩にある。

「なっ……⁉」

心臓が、ドクドクと激しく脈動し始める。そのせいか、急に脳が覚醒《かくせい》し、眠気がどこかへ吹き飛んでしまった。

雪河の頭がちょうど鼻の高さにあり、ふわりと甘い香りが鼻腔をくすぐった。

同じシャンプーを使ったはずなのに、どうしてこうも別の香りだと感じるのだろう。

真面目《まじめ》に授業を受けるためにも、俺も少しは寝ておきたい。

目を閉じ、懸命に眠る努力をする。

しかし、目を閉じたことで感覚が鋭敏になり、雪河の温《ぬく》もりと匂《にお》いが、余計に感じ取れるようになってしまった。

結局、俺は学校に着くまで、眠れない時間を過ごす羽目になった。


学校に着いてすぐ、俺は机に突っ伏した。

――こりゃ今日の授業はダメだな。

雪河と離れた途端、強烈な眠気がぶり返していた。

こんな状態では、授業についていけるはずがない。

何より問題なのは、五限目にある体育。

確か今日は、体育館でバスケだった気がする。ボーっとしていては怪我《けが》をする。

なんとか休み時間を睡眠に当てて、頭を覚醒させたい。

「あれー？　なんか月乃《つきの》眠そうじゃない？」

桃木《ももき》の声が聞こえて、俺はちらりと振り返る。

相変わらず、一軍メンバーたちは雪河の周りに集まっており、朝っぱらからやけに高いテンションで会話に花を咲かせていた。

しかし、雪河だけはいつも通りローテンション。

いや、なんならいつも以上に静かだ。

徹夜したあとなのだから、仕方ない話だが――――。

「もしかして徹夜？　あ、分かった！　ドラマ一気見してたとか？」

「ドラマ……？　ああ、うん、ドラマね……そうそう」

「なになに⁉　なんのドラマ⁉　今度あたしにも教えてよ！」

「あー……じゃあ見繕っとく」

ドラマ、か。

雪河はそういうの観るのかな。

ちなみに俺は、実写化作品であれば大体観ている。

作品を語る上で、ひとまず全コンテンツを観るのが、俺のポリシーである。

――あいつらは、雪河がオタクだなんて夢にも思ってなさそうだな……。

最初に聞かれるのがゲームやアニメじゃなく、ドラマというところに立場の違いを感じる。

ボッチな俺には理解できないが、あの場に俺がいたら、きっと息が詰まるだろうな。

テンションが上がらないのもよく分かる。

――ん？

一軍メンバーから目を逸らし、いざ授業開始まで寝ようとした矢先。

俺のスマホに通知が届く。

どうやら、雪河が何かメッセージを送ってきたらしい。

『眠い』

交換したばかりで、何もやり取りがなかった画面に、そんな二文字が表示されている。

思わず笑いそうになり、俺は『それな』と打ち返す。

――まさか、雪河とこんなやり取りをするようになるとは……。

俺はスマホをしまい、眠るために机に伏せる。

中学となんら変わらないと思っていた、俺の高校生活。

その予想は、すでに大きく外れていた。

◇◆◇

――結局、昼休みまでほとんど寝ちまった……。

俺は購買で買ったパンを食べながら、深くため息をついた。

眠気が強すぎて、一限目から四限目の記憶がほとんどない。

一限目なんて、いつ始まったのか分からないくらい深く眠っていた。

おかげで頭はだいぶすっきりしたが……。

――まあ、授業は一応録音したから大丈夫だと思うけど。

念のため、全部の授業をスマホで録音しておいた。

勉強は嫌いだが、きちんとこなしていくしかない。

人間関係を築くのも苦手、特技もなし。

そんな俺が、今後もとにかく金のかかるオタク活動を続けるには、勤勉さを売りにして働くしかない。いい大学を出て、それなりの会社に就職して、それなりに稼ぐ。

作品に触れ続けるためなら、努力を惜しむつもりはなかった。

――高校生になったし、なんかバイトでもするか……？

生活費に関しては、高校入学と同時に親からまとまった金を渡されている。

コンテンツ消費以外に目立った浪費のない俺は、まだその金に手を付けずにいた。

正直な話、できれば卒業まで手を付けずにそのまま残しておきたい。

社会に出るときに、貯金なしというのはどうにも不安だ。

こんなに弱腰になったのは、中学に上がった頃、欲しかったアニメの特典つきブルーレイを購入するために、それまで貯めた小遣《こづか》いとお年玉をすべて使って、親にこっぴどく怒られた経験から来ている。

親としては、計画性もなく金を使ったことが問題だったらしい。

あのあと、しばらく金がなくて漫画が買えなかったし、親のお叱りはもっともだと、今になって思う。

この世界は、いつ限定グッズが出るか分からない。

いつ、何が起きても対応できるよう、常に余裕を持った生活を。

オタクだからこそ、たくさんの貯蓄が必要なのだ。

「おーい！　そろそろ男子が着替えるから、女子は教室出てけー」

突然現れた体育教師が、教室の中に向かって告げた。

ぼちぼち昼休みも終わる。

着替えを済ませた俺は、そのまま体育館へと移動した。

◇◆◇

「へい！　パスパス！」

「っ……」

二チームに分かれて行われているバスケの試合。

ボールを手にした俺は、同じゼッケンを着けている仲間にボールを回した。

「よっしゃ！」

受け取ったのは、中学までバスケをやっていたという一軍メンバーのひとり、山中だ。

山中は目の前にいた敵チームのひとりを抜き、華麗なレイアップシュートでゴールを決めた。

皆に褒めたたえられながら、山中が守備をするために自陣へと戻ってくる。

――一応……役には立ったのか？

運動は得意じゃない。

だからって、動かずサボっていると思われたくないし、こうして多少なりとも貢献しているところを見せて、せめて役立たずと言われない立ち回りを心掛ける。

「ナイスパス、永井」

「へ？」

最低限の仕事しかしていない、誰《だれ》からも注目されていないはずの俺に、鬼島《きじま》が声をかけてきた。彼はすまし顔で俺の背中をバシバシ叩《たた》いて、颯爽《さっそう》と帰っていった。

嬉《うれ》しいとか以前に、困惑した。

皆が山中を褒める中、何故《なぜ》特に絡《から》みもないはずの俺に声をかけてきたのだろう。

――こういう視野の広いところが、友達が多い理由なのかもな。

なんて考えている間に、敵チームが攻めてきてしまった。

今は余計なことを考えている場合じゃない。

俺は、できる限り役に立つため、敵チームのパスコースを塞《ふさ》ぎに走った。

――しんど……。

あれから別のメンバーと交代するまで走り続けた俺は、へとへとになって壁際に座り込んでいた。バスケ経験者にやたらとこき使われた結果が、これである。

「……おい、見ろよあれ」

「うはっ、やっぱ雪河っていいよなぁ～」

近くにいた男子二人が、女子のコートを見ながらそんな話をしていた。

「確かハーフなんだろ？　スタイルいいよなぁ」

「あー、マジで挟まれてぇ」

「おいおい、それは気持ち悪すぎだろ……まあ同意するけど」

「やっぱり男のロマンだよなー」

この二人だけではない。

仲間と共に駆け回る雪河には、多くの男子の視線が集まっていた。

理由はもちろん、走るたびにその主張を強めてしまう胸元《むなもと》にある。

意識して逸らすようにしないと、どうしてもそこに視線が吸い寄せられてしまう。

男というのはどこまでも愚かな生物だ、本当に。

——俺も含めてな……。

思わず、盛大なため息が出る。

三次元に関心のない俺の視線まで吸い寄せるとは……おそるべし、雪河月乃。

「月乃！　シュートして！」

「っ！」

敵チームから奪ったボールを、桃木が雪河へと回す。

そしてスリーポイントラインから、雪河はゴールに向けてシュートを放った。

綺麗《きれい》な弧を描いたボールは、リングに弾かれることもなく、そのまま決まる。

そして、シュートを決めた雪河を称えるため、チームメイトが押し寄せていった。

――運動神経も抜群なのか……あいつ。

あんなの見せられたら、余計にちやほやされるだろうな。

しかし雪河自身は、クラスメイトに囲まれても、相変わらずクールな態度を貫いていた。

怠《だる》そうな様子で額の汗を拭い、ため息までついている。『マリハレ』を読んであれだけ泣いていた女とは、到底思えない。

「そういや、サッカー部の片倉先輩が、さっそく告白したらしいぜ」

「え、マジかよ⁉　結果は⁉」

「あっさり撃沈だってさ。たまたま見てたやつから話が広まってる」

「片倉って、確かエースでクッソイケメンなあの人だろ？　よく断ったな……俺が女だったら即オーケーするけど」

「あんだけ美人だし、めっちゃ理想も高いんじゃね？　石油王とか」

「そりゃ無理ありすぎだろ……」

先ほどの二人が、そんな話をしながらケラケラと笑っている。

片倉先輩が誰かは存じ上げないが、一年生でも知っているような有名人となると、イケメン度合いもレベルが違うのだろう。

そんな人を振ったとなると、理想が高いと思われても仕方がない気もする。

ただ、あの雪河のことだ。

知らない人から好意を向けられても気持ち悪いだけ、なんて平気で言ってのけそうなイメージがある。

まあなんにせよ、俺には関係のない話だ。

◇◆◇

授業が終わり、その日の放課後。

昨日と同じように帰ろうとした俺の後ろで、再び一軍メンバーが何かを話し合っていた。

「今日はどうする？　明日休みだし、どっか寄ってこうぜ」

そう言い出したのは、体育のときに大活躍だった山中。

同意を示す一軍メンバーたちの視線は、すぐに雪河のほうへと向けられた。

「……今日も？　昨日カラオケしたじゃん」

「い、いや、でもさ、昨日は俺たちだけじゃなかったし、やっぱいつメンで遊びたくね？」

乗り気ではなさそうな雪河を見て、山中が慌てた様子でまくしたてる。

そんなに雪河にはいてほしいのだろうか？

別に彼女が乗り気でないのなら、遊びたいメンバーだけで遊べばいいのに。

「しかも月乃ちゃん急に帰っちゃったじゃん。気を付けてよ、ああいうの白けちゃうんだから」

もうひとりの女子が、雪河に対してそう言い放った。

そのあまりにも理不尽な要求に対し、思わず顔をしかめてしまう。

そんな俺と同じことを思ったのか、雪河の顔も少し険しくなった。

「は？　なんで私がそんな気を付けないといけないの？　別にクラスの人みんないたんだから、私抜きでも楽しめばいいじゃん」

「そ、そういうんじゃなくてさ、ウチら一応グループみたいなもんだし――――」

あまりいい雰囲気ではなくなったところで、桃木が二人の間に割り込む。

「はい、ストップストップ！　月乃もユカも落ち着いてよ。言い争ったっていいことないよ？」

「でもハル……！」

「ユカ？　いくらあたしたちが友達でも、毎日必ず一緒に遊ばないといけない理由なんてないんだよ？　月乃にだって事情があったんだろうし」

「う、うん……」

桃木の説得で、もうひとりの女子は引き下がった。

さすがはコミュ力おばけ。あっという間に場を取り持ってしまった。

「まあまあ、あたしは今日も付き合うからさ！　それで、月乃は今日は無理ってことでいいの？」

「……いや、夕方まではいけるよ」

「ほんと⁉　ありがたいわぁ〜」

取り持ち方が上手いな、桃木。

俺の知っている中では、一番コミュ力がある人間と言っていいかもしれない。

それにしても、雪河は雪河でめちゃくちゃ律義だ。

俺だったら絶対に行かないぞ、少なくとも今日は。

「鬼島は？」

「あー、オレはいいや。今日はジム行くし」

「そっか、じゃあ他のメンバーで行こう」

話がまとまったため、一軍メンバーはゾロゾロと教室を出ていく。

結局最後まで聞いてしまった俺は、少し間を置いてから教室を出た。

「ん……？」

廊下を歩いている途中、俺のスマホに雪河からメッセージが届く。

『今日二十時くらいにそっち行ってもいい？』

「……」

その問いに対し、俺はすぐに『オーケー』と返した。

第四話　夜中のコンビニ

「はぁ……疲れた」

我が家に来て早々、雪河《ゆきかわ》はソファーにダイブした。

徹夜で学校に行って、放課後もクラスメイトに付き合ったら、そりゃ疲れるに決まっている。

「あ、ごめん。ソファー占領しちゃって」

「別にいいよ。それで、今日はどこに行ってたんだ？」

「駅前のゲーセン行って……そのあとは飲み物だけ買って、外で適当に駄弁《だべ》ってた。絶対行く意味なかった……」

そう言う雪河は、どこか不貞腐《ふてくさ》れた様子だ。

「お前はえらいよ、ほんと。俺《おれ》があの状況だったら、絶対行かない」

「んー……でも、あのままにしておくと面倒臭そうだったし。あとでぐちぐち言われるくらいなら、ついてって仲直りしておくほうがマシなんだよね」

「まさか……謝ったのか？　あの、えっと……渡——」

「渡辺ね、渡辺ユカ。そう、謝ったよ。あの子、結構粘着質っぽかったし」

「へ、へぇ……」

「なに？　その納得いってませんって顔」

「だって……雪河はひとつも悪くないだろ？」

どうして雪河が謝らないといけないのか、その理由が分からない。

雪河にだって事情があるわけで、遊びから早抜けするのだって、咎められることじゃないはずだ。前々から約束していることならともかく、昨日は突発だったわけだし――――。

「私だって、それは分かってるけど……まあ、それでネチネチ言われなくなるなら、ここで謝っておいたほうが楽だしね」

「……大人だな、雪河は」

「冷めてるだけだって。こっちが謝って済むなら、それが一番楽じゃん」

そういう考えこそが大人っぽい証しだと思うのだが、これ以上の議論は無駄だろう。

少なくとも、人間関係を大事にしている時点で、俺よりよっぽど大人だ。

「それに……ハルにも悪いしね」

「桃木《ももき》とは普通に仲いいんだな」

「あの子、本当にすごいんだよね……面白《おもしろ》いし、気が利《き》くし……憧《あこが》れてるって感じ？」

「憧れか……」

クラスのボスが憧れる存在、か。相当な逸材だな。

「ああやってグループ作ったのもハルだしね。私もハルに声かけてもらわなかったら、多分自分から関《かか》わることはなかったと思う」

　もしそうなっていたら、雪河からはもっと近寄りがたいオーラが出ていたんじゃないだろうか。俺と雪河が接点を持てたのは、ある意味桃木のおかげと言ってもいいかもしれない。

「ねぇ、シャワー借りていい？　汗流したくて」

「ああ……ってかちょっと待て。まさか今日も泊まってく気か？」

「ダメ？」

「いや、えっと……着替えとか、大丈夫なのか？　二日連続だしさ」

「大丈夫。ここ来るまでに家寄ってきたから」

　そう言って、雪河は足元に置いてあったリュックを指差す。

「あ、ついでにワイシャツも洗濯していい？」

「どうせ俺も洗うし、一緒でいいなら」

「助かる。じゃあ洗濯機突っ込んどいていい？」

「ああ、頼む」

　着替えを持った雪河が、風呂場《ふろ》へと向かう。

　まさか、結局二日連続泊めることになるとは……。

　来たところで困らないし、別に泊まること自体は構わない。

　しかし、変な勘違いをしてしまいそうになることが、唯一のネックだった。

「────ねぇ、ボディソープの替えってある？」

「うおっ⁉」

突然雪河が戻ってきたことで、俺は驚きのあまり飛び跳ねてしまった。

なんといっても、戻ってきた恰好がまずい。

雪河は今、裸にバスタオルを巻いただけの状態。

ただでさえ露出が多い中、到底片腕じゃ支えきれないであろう二つの大きな塊が、零れ落ちそうになっている。

「あ、ごめん。家にいるときの癖《くせ》で」

「い、いいから！　その恰好でこっちに来ないでくれ！　ボディソープなら洗面台の下に入ってるから！」

「分かった、ありがと」

雪河が戻っていく。

昼間の男子たちの話が頭をよぎり、余計に意識してしまった。

こんなイベント、陰キャには刺激が強すぎる。

冷静になるべく、冷たい水を口へ運ぶ。

すると何故《なぜ》か再び扉が開いて、雪河が顔を出した。

「ねぇ、一緒に入る？」

「ぶっ……⁉」

「な～んて、冗談だけど」

いたずらな笑みを浮かべながら、雪河は今度こそ浴室へ入っていった。

雪河のやつ、意外と人をからかったりするんだな。

学校にいるときとは、やはり全然イメージが違う。

まさか――――俺と二人きりだから？

「……なんてな」

浮かれるなんて馬鹿《ばか》らしい。

雪河だって、ただ俺をからかって遊びたかっただけだろう。期待するだけ悲しくなる。

勘違いして恥をかくくらいなら、最初から期待しないほうがいい。

しかし、なんとも思っていないやつをからかって、何が面白いのだろう？

――何もない、はず……。

そう、何もないはずだ。

◇◆◇

少し時間が経《た》ち、俺も風呂を済ませてリビングへと戻ってきた。

「ふぅ……ん？　何やってんだ？」

「えっと、その」

部屋に入ると、何故かそわそわした様子の雪河がいた。

彼女は俺のほうをチラチラと見ながら、自身の財布を取り出す。

「あのさ、割と夜遅くてあれなんだけど……ちょっとコンビニまでアイス買いに行かない？」

「……！」

時刻は二十三時前。

出歩くにはよろしくない時間帯だが、コンビニくらいなら許されるだろう。

「アイスか……いいな」

「でしょ？」

「よし、行くか」

「そうこなくちゃ」

俺と雪河は、財布とスマホだけを持って部屋を飛び出した。

「はー……涼しい」

外に出た途端、雪河がそんな言葉を漏《も》らす。

四月も中頃。冬の寒さは落ち着き、Tシャツ一枚でも十分な気温の日が増えてきた。

風呂上がりということもあり、涼しい風が心地いい。

「夜中に行くコンビニって、なんかテンション上がるよね」

雪河は、はしゃいだ様子で足元に落ちていた小石を蹴《け》る。

まだ深夜というほどでもないが、もともと人通りが少ないうちのマンションの前に人影はない。

そんな道を、二人で歩く。

まるで、アニメのワンシーンのようだ。

「なんかさー、誰《だれ》もいない道って、漫画とかアニメの世界みたいじゃない?」

「……今同じこと考えてたよ」

「え、ちょー奇遇じゃん」

嬉《うれ》しそうに笑う雪河を見て、思わずドキッとする。

いつどこで見ても、顔が良すぎる。

これで中身も接しやすいとくれば、心惹《ひ》かれてしまうのも仕方ないだろう。

「はー……やっぱ二人だと、夜道も怖くないわ」

「怖い?」

「不審者とかさ、女ひとりで歩いてると、結構狙《ねら》われるんだよ。だからいつも出歩かないようにしてんの」

「……大変だな、それ」

「まーね……結構不便だし。急に何か必要になったときとか、今日みたいにアイス食べたくなったときとか」

「……」

そう言いながら、雪河は苦笑いを浮かべた。

その顔には、これまでの苦労が滲《にじ》んでいるようにも見えた。

男である俺は、雪河の気持ちをすべて理解することはできない。

それでも、伝わってくるものはある。

「……一緒にいるときなら、守ってやれるんだけどな」

「んー？　もうちょいおっきい声で言ってよ。せっかくかっこいいセリフなのに」

「あ、いや……その……」

いつの間にか、俺はとんでもないことを口走っていた。

こんなセリフ、まったく柄じゃないのに――――。

「だけどさ……あんたの言う通り、こうして一緒にいてくれるおかげで、コンビニにも行けるわけ。だからその……結構感謝してる」

それは、大げさな言葉にも聞こえた。

しかし、その明るい表情が、決してそうではないことを語っていた。

「てか……全然関係ないんだけど、私たちそもそも夜ご飯食べてないよね？」

「え⁉　食ってきてないのか？　てっきり桃木たちと済ませてきたのかと……」

「コンビニでアメリカンドッグ食べたけど、ふつーにお腹《なか》ペコペコ」

「じゃあ……飯もなんか買うか」

「別に永井《ながい》が作ってくれてもいいけどね」

「ああ、作ってもいいなら作るけど……」

「え？」

　少し前を歩いていた雪河が振り返る。

「普段は自炊だし……まあ、簡単なものばっかだけど」

「冗談で言ったんだけど……でも、めっちゃ食べてみたい」

「わ、分かった」

　やたらと強い圧をかけられ、俺は頷《うなず》くことしかできなかった。

「えっと、焼きそばでいいか？　家にあるのがそれくらいなんだけど……」

「いいね、大好き」

「じゃあ、今日は焼きそばで」

　簡単でありがたいなぁ。

アイスだけ買って、俺たちは部屋に戻ってきた。

そして帰ってきて早々、俺はキッチンに立つ。

「……なんか、見られてると恥ずかしいんだけど」

「私のことは気にしなくていーから」

「そう言われても……まあ、いいや」

料理を作るところが気になるのか、雪河はニヤニヤしながら俺を見ていた。

人に見られているだけで、妙に緊張する。

俺は冷蔵庫から焼きそばの材料を取り出した。

キャベツをざく切りにして、冷凍しておいた豚肉を解凍する。

最後にそれら全部を混ぜ合わせて炒めて、ソースを絡《から》めたら完成。

「できたぞ、簡単焼きそば」

「ありがと……めっちゃ手際よかったね」

「一応毎日やってるからな……」

「毎日作ってんの？　えっら」

やたらと褒められたせいで、思わず照れてしまう。

悪い気はしないけど、恥ずかしい。

「冷める前に食うぞ。味は……普通だと思う」

ソファーに移動して、さっそく焼きそばを口に運ぶ。

「んっ……！　うま」

一口食べた途端、雪河は嬉しそうに俺を見た。

これだけ喜んでもらえるなら、作り甲斐があるってものだ。

「マジで偉いね、永井。私なんて、いっつもコンビニ弁当とかカップ麺で済ませちゃうのに」

「節約しないとオタグッズが買えないからな……やむを得ない自炊だよ」

俺も楽したいときはあるけど、その苦労が一冊の漫画になるなら、我慢できる。

オタ活への情熱は、生活すら変えるのだ。

「昼は俺も購買だしな。安いし」

「分かる。なんなら夜の分まで買ってくからね、私」

「それって怒られねぇの……？」

「怒られないよ？　購買のおばさんから、めちゃくちゃ食べる子だって思われるだけ」

「地味に嫌だな」

そんな話をしているうちに、俺たちは焼きそばを食べ切った。

雪河が皿洗いを買って出てくれたため、俺はひとりソファーに腰掛ける。

――なんか、同棲《どうせい》してるみたいだな……。

ふとキッチンを見れば、そこには皿を洗う雪河の姿。

時刻はもう零時に迫ろうといったところ。

このまま、また雪河と一晩過ごすのか……。

別に何か起きるわけでもないのに、こんなに心を乱されている自分が恥ずかしい。

自分と雪河が特別な関係になることはない。そう理解しているはずなのに、どうしても変な期待をしてしまう自分が情けない。

彼女がここを安らげる空間と思っているなら、その気持ちを下心で裏切りたくない。

「お待たせ……どうしたの？」

俺が頭を抱えていると、いつの間にか雪河が戻ってきていた。

慌てて顔を上げた俺は、首を横に振る。

「っ！　い、いや、なんでもない。皿洗いありがとう」

「作ってくれたんだから、これくらいはね。……で、今日はどうする？」

「……寝るか、昨日徹夜だったし」

平気なふりをしていたが、実はかなり限界だった。

「マジ賛成。明日休みかー……ねぇ、明日ってなんもない？」

「ああ、別になんもないけど」

「じゃあさ、一日ダラダラしない？　お菓子でも買ってさ」

「……それ最高だな」

「でしょ？」

そんなふうに言いながら、雪河は俺の隣に腰掛け、可愛《かわい》らしく足をパタパタさせる。

ただ楽しげに揺れているだけなのに、どうしてこんなに魅力的なのか――。

「寝るならベッドを使ってくれ。俺はソファーで寝るから」

「え？　待ってよ。私がソファーで寝るって」

「仮にも客人なんだから、ソファーで寝かせるわけにはいかないだろ」

「関係ないって」

女子をソファーで寝かせるなんて、自分の家じゃなくてもしっくりこない。

寝るにあたって、やはりベッドに勝るものはない。疲れているときこそ、ベッドで寝てほしい。しかし、雪河は譲らないといった様子だ。

「これはもう……じゃんけんしかないね」

「ああ、俺も同じこと考えてた」

俺たちは互いに拳《こぶし》を構える。

意見が割れたらこれで解決。

古事記にもそう書いてある。

「「最初はグー！　じゃんけんポン！」」

――勝っちゃった……。

いつも通り自分のベッドで横になった俺は、なんともいえない表情を浮かべながら天井《てんじょう》を見上げていた。

「……なあ、やっぱり――」

いたたまれなくなり、俺はリビングのほうにいる雪河に声をかける。

「いいから。じゃんけんの結果は絶対でしょ？」

「そう……だけどさ」

「そんなに言うなら、一緒にベッドで寝る？」

「なっ……」

「冗談冗談。ほら、もう寝るよ。眠くて限界だから」

「……分かったよ。おやすみ」

「うん、おやすみ」

動揺しすぎて、眠気が飛びかけた。

やはり、雪河の冗談は心臓に悪い。

「はぁ……」

わずかな罪悪感を抱きながらも、俺は目を閉じる。

やはり、徹夜が相当響いているようだ。

遠慮していた自分はどこへやら。

いつの間にか、俺はあっさり意識を失っていた。

◇◆◇

「ん……」

特にきっかけもなく、俺はベッドで目を覚ました。

だいぶ快眠だったようで、とても体調がいい。

休日の朝としては、最高の始まり方だ。

「……?」

起き上がるためにベッドについた俺の手が、何か異物を捉《とら》える。

嫌な予感がして視線を向ければ、そこにはいるはずのない雪河が横たわっていた。

「んっ……」

――やべっ！

なんとベタな……と思われるかもしれないが、俺の手はあろうことか雪河の胸に触れてしまっていた。

どこまでも沈み込むような、触れたことのない感触に、頭が一瞬にして沸騰しそうになる。

慌てて腕を引っ込めると、何故か雪河は名残惜しそうに手を伸ばし、やがて諦《あきら》めたのか、その手は力なくベッドに落ちた。

「なんで雪河が俺のベッドに……」

この件に関しては、彼女が起きたら早急に確認する必要がありそうだ。


「ごめん、隣にいたら驚くんじゃね？　って思ってベッドに入ったら、そのまま寝ちゃった」

そのあと目を覚ました雪河は、まだどこかボーっとしたままそう説明した。

「心臓に悪いから……本当に」

「マジごめんって。ちょっと顔洗ってくるわ。今、絶対めっちゃブサイクだから」

「え？　別にそんなことないけど……」

「私の中ではブサイクなの」

ずいぶんと可愛らしい寝ぼけ眼だと思って見ていたのに、雪河はすぐに洗面所のほうへ逃げるように走り去ってしまった。

残された俺は、ベッドを整え、リビングで待つことにした。

「お待たせー……寝起きってマジでブサイクすぎてウケんだよね」

「別に、可愛らしかったと思うけど」

「……それお世辞？」

「友達ゼロだった俺に、そんなコミュ力があると思うのか？」

「……じゃあ、ありがと」

照れたように笑いながら、雪河は俺の隣に腰掛ける。

可愛いなんて言われ慣れているだろうに、今更照れたりするんだな。

「とりあえず……朝飯食べるか？　簡単なものならまた作るけど」

「え、マジ？　食べたい」

「了解。トーストとウィンナーと目玉焼きでいいか？」

「うん。ありがと」

「よし、じゃあちょっと待っててくれ」

俺はキッチンに移動し、朝食の準備を始める。

食パンをトースターで焼きつつ、卵とウィンナーをフライパンへ。

目玉焼きのために軽く水を入れて、黄身に火が通ったら完成。

雪河は半熟が好みということで、気を付けたのはそれくらいだ。

「できたぞー」

トースト、ウィンナー、目玉焼きをのせた皿を、雪河のもとへ運ぶ。

「普通に豪華じゃん……」

「このくらいで何言ってんだ……ほら、食べよう」

二人でソファーに腰掛け、朝食を口に運ぶ。

毎朝これで済ませているから、俺にとっては特に新鮮味もない。

しかし、雪河にとっては違ったようで、何故かキラキラと目を輝かせていた。

「うまっ……！　こんなちゃんとした朝ご飯食べるの久しぶりすぎるんだけど……！」

「そんな大げさな……」

「マジだって！　こういうの家じゃ絶対作らないんだから」

そういえば昨日、家ではコンビニ飯かカップ麺って言ってたっけ。

「私なんて、手作りのものが食べられるだけで嬉しいんだからね」

「……これくらいでいいならいつでも作ってやるよ」

「あ、言ったかんね？　じゃあ泊まったときは絶対作ってもらうから」

雪河が俺の肩を指でつつく。

それに照れた俺は、思わず顔を逸らす。

このボディタッチが凶悪なのだ。

こっちを意識させるためにやってるとしか思えない。

「……今日はダラダラするって言ってたけど……なにするんだ？」

「なにするって？」

「いや……改めて考えると、ダラダラってなんだろうって」

「……確かに？」

雪河が首を傾げる。

「とりあえず、漫画読ませてもらおうかな」

「じゃあコーヒーでも淹れるか……いつも通りインスタントだけど」

食べ終わった皿を片付け、キッチンで洗い物を済ませる。

そしてコーヒーを淹れて、雪河に渡した。

「ありがと。この家ほんと快適すぎ。マジで帰る意味ない」

「いやいや……さすがに、ずっといたら飽きると思うけどな」

「永井と話してれば飽きないよ」

そんなふうに言いながら、雪河はコーヒーを啜る。

またこいつは人をドキッとさせることばかり言う。

こっちの心臓の身にもなってほしい。

「……ねえ、永井はさ、どうしてひとり暮らししてんの？」

「きゅ、急にどうしたんだよ」

「そういえば聞いてなかったなって。言いたくなかったら別に言わなくてもいいけど」

思い返してみれば、確かに言っていなかった気がする。

別に大して深い理由があるわけでもないんだが……。

「……うちの親も仕事人間って感じでさ。昔から、俺もいわゆる鍵《かぎ》っ子《こ》だったんだけど」

共働きだった我が家は、今の雪河と同じように、俺ひとりでいることが多かった。

それが寂《さび》しかったとか、そういうわけではない。

俺には、夢中になれる漫画やアニメがあった。

「結局家にいてもひとりなら、ひとり暮らしでも変わらないんじゃないかって思ってさ。勢いで提案してみたら、『むしろ会社の近くに住んでくれたほうが、すぐに行けるからありがたい』って話になって……」

「え、それでひとり暮らし始めたの?」

「きっかけはそんな感じだったな」

「ぶっ飛んでるね……あんたの家」

まあ、それはそうかもしれない。

ただ、雪河には言わないつもりだが、一応マイナスな理由がひとつある。

直接言われたわけではないが、両親は、俺の世話と仕事を両立するのに苦労していた。

だから今俺がひとりで暮らしている状況は、二人にとってはありがたいはずだ。

ここだけ切り取ると、あまりいい親とは言えないのかもしれないが、これだけいい生活をさせてもらっているのだから、これ以上の贅沢《ぜいたく》を言うつもりはない。

「でも、寂しさを漫画やアニメが埋めてくれたってのは、私と一緒だね」

「雪河も？」

「中学まで海外の学校に通ってたって言ったでしょ？　もともと私が積極的じゃなかったってのもあるんだけど、ハーフってだけで外国人扱いされて、仲間に入れてもらえなかったんだよね……そうやって孤立したときに出会ったのが、アニメとか漫画だったの」

「……なるほどな」

雪河とやけに気が合う理由が分かった気がする。

俺と彼女は、根っこが似ているのだ。

「でもさ、海外だとなかなか流行りの作品を追えなくて、それで最近のやつが分からなくなっちゃったんだよねー」

「そういうことだったのか」

「ということで、気になったやつ片っ端から読ませてもらうわ」

そわそわした様子で、本棚を見る雪河。

その姿があまりに微笑《ほほえ》ましくて、俺は思わず噴き出すように笑ってしまった。

「ははは っ、ああ、いくらでも読んでってくれ」

「……なんか、あんたがちゃんと笑ったところ初めて見た気がする」

「いや、さすがにそれは嘘《うそ》だろ……」

「だってなんか……ずっと遠慮してる感じだったし」

「……そうかなぁ」

　確かに、一軍女子に対する壁のようなものはあった気がする。

　それが遠慮と言われたら、確かにそうなのかもしれない。

「まあ……そのくらいのスタンスでいてくれたほうが、居心地よくて助かるけど」

　雪河の安心しきった表情を見て、この空間が彼女の安らぎに繋《つな》がっていることを理解する。

　こんな部屋で心が休まるなら、いくら居てもらっても構わないと思った。

「さて、今日は何読もうかな……またおすすめ聞いてもいい？」

「新しめのがいいんだっけ？　それなら『鬼の恩返し』が結構面白かったかな」

『鬼の恩返し』は、昔話のような世界観を舞台に、かつて自分を助けてくれた町娘のために最強の鬼が力を貸す……というストーリー。

　親の残した借金に苦しむ娘を救うため、金貸しのアジトを壊滅させるシーンは、作画とセリフも相まって、もはや圧巻というほかない。

「へぇ、面白そう……それから読もうかな」

「ああ、取ってくるよ」

本棚に向かおうとした瞬間、俺はあることを思いつき、雪河のほうへ振り返る。

「……どうせ一日中家から出ないなら、今のうちにコンビニに買い出し行くか？」

「っ！　そうだ！　お菓子買わないとじゃん！」

俺たちは昨日の夜と同じように、近所のコンビニへと向かった。

こうして、最高の休日が幕を開ける――――。


「うん……めっちゃいいね」

テーブルの上に広げたお菓子を見て、雪河は頷いた。

ポテチ、チョコレート、クッキー。様々な種類のお菓子を、適当に買ってきた。

これなら今日一日食べるものには困らないだろう。……いや、それどころか、数日分くらいにはなるかもしれない。

「じゃあ、早速ダラダラするか」

「そうしよう」

俺はソファーに深く腰掛け、この前買った漫画の新刊を読むことにした。

対する雪河は、同じくソファーでダラダラしながら、『鬼の恩返し』を読み始めた。

しばらくの間、俺の部屋には、ページをめくる音だけが響いていた。

「……ふう」

ひとまず一冊目を読み終えた俺は、小さく息を吐いた。

――思ったよりも集中できたな。

正直、不安だったのだ。雪河がいることで、作品に集中できなくなったらどうしようかと。友達とダラダラする経験なんてなかったものだから、楽しめない可能性も十分あった。

しかし、そんな心配は杞憂に終わりそうだ。

雪河のほうは、『鬼の恩返し』の二巻を読んでいた。相変わらず表情をころころ変えながら、楽しそうに読んでいる。

邪魔しちゃ悪いし、俺も次の新刊を読むことにしよう。

「永井、ちょっとそこのジュース取ってー」

「ジュース？」

テーブルの上を見れば、そこには雪河が飲んでいたジュースがあった。

俺は頼まれた通り、そのジュースを彼女に渡す。

「あんがと」

「ん」

そんなやり取りを挟んで、俺は読書に戻った。

それからまたしばらく経ったあと……。

「永井、ティッシュ取ってくれる?」

「はいはい……」

俺はテーブルの上に置いてあったティッシュ箱を、雪河に渡す。

「あんがと。ついでにポテチも」

「ああ……」

「あ、それとチョコも」

「了解……って、それくらい自分で取れるだろ」

言われるがままにチョコを渡そうとした俺は、ふと自分がこき使われていることに気づいた。

すると雪河はいたずらがバレた子供のように舌を出し、肩を竦めた。

「ちぇ、流れで全部やってもらえると思ったのに」

「そんなにダラダラしてたら、いつかナマケモノになるぞ」

「いいじゃん、ナマケモノ」

「受け入れるのかよ……」

「ふつーに可愛いし」

「まあ……確かに可愛いけど」

ちょっとベクトルが違いすぎるというか、雪河が毛むくじゃらの動物になったら、さすがにどういう目で見たらいいか分からないというか……。

「うーん……じゃあこうしよう」

雪河は何か思いついた様子で、パンッと手を叩《たた》いた。

「この家にいるときは、私のことめっちゃ甘やかしてよ。代わりになんかお礼するからさ」

「お礼？」

「えっと……私の足をマッサージする権利とか？」

「それって結局お前が得するだけじゃないか……？」

「え？　私の足触れるんだよ？」

「……」

――それは確かにご褒美かもしれない。

「だ、黙らないでよ……冗談だって」

「……だよな」

別に残念だなんて思っていない。俺にそういう趣味はない。ない――――と思う。

「マッサージはまた今度、普通にやってもらうとして……」

「ん？」

聞き捨てならない言葉が聞こえた気がしたが、一旦《いったん》スルーしてみることにした。

「なんかしてほしいことない？　なんでも言ってよ」

そう言って、雪河は俺の目を覗《のぞ》き込んできた。

〝なんでも〟という言葉に、俺はひどく動揺した。

俺の名誉のために言っておくが、雪河が男の欲望を叶《かな》えるためにそう言ったわけではないことは、ちゃんと分かっている。

しかし、本能はもうどうしようもないではないか。

こっちだって、反応したくてしたんじゃないのだから。

「……なに赤くなってんの？　えっち」

「あ、いや、違うって！」

「……ぷっ、あはは！　必死すぎだって！」

雪河がケラケラと笑う。

くそ、いいようにやられている。

オタク同士気が合うとはいえ、こういうところはちゃんとギャルなんだな。

「そういうのはナシだからね。分かってるとは思うけど」

「当たり前だろ……はぁ、心臓に悪いわ」

「ごめんごめん。反応がおもろすぎて、ちょっとからかっちゃった」

「……」

雪河がニヤニヤしながらこっちを見ているせいで、妙な居心地の悪さを感じた。

「で、なんかないの？」

「……急には思いつかねぇな」

「ま、そりゃそっか」

下ネタを一切《いっさい》省いたとしても、どんなことまでなら許されるのか、俺には分からない。

こうしていると忘れがちだが、それだけ俺たちの関係は、まだまだ浅いのだ。

「思いつくまで……保留でいいか？」

「別にいいよ」

「じゃあ、それまでにたくさん貸しを作っておくとしますか……」

「……やっぱ甘えるのやめようかな」

そんな冗談で笑い合いながら、雪河との初めての休日は、ゆっくりと過ぎていった。

第五話
遭遇

雪河《ゆきかわ》とオタ友になってから、早くも一週間が経過した。

相変わらず雪河は、クラスの中心をキープしている。

今日も今日とて一軍メンバーに囲まれている彼女は、気だるげにスマホをいじっていた。

「今日さ、あそこ寄って帰らねぇ？　駅前にできた新しいファミレス」

「いいねー！」

昼休み。

今日も一軍メンバーたちは、どこかで遊ぶ約束を立てているようだ。

それを周りの二軍、三軍メンバーたちが羨《うらや》ましそうに見ている。

自分の周囲にある関係を大事にすればいいのに、人間というのは、どうしても上にいる者たちを羨ましく思ってしまうらしい。

「月乃《つきの》はどうする？」

桃木《ももき》が雪河に問いかける。

それに対し雪河は首を横に振った。

「ごめん、今日は先約があるから帰るね」

「そっか、分かった」

席を立った雪河を、桃木はさらっと見送る。

しかし鬼島《きじま》以外の一軍男子は、どこか残念そうな表情を浮かべていた。

おそらく、雪河に対してワンチャンを狙《ねら》っているのだろう。

実際、彼女とお近づきになりたいがために一軍入りを目指す者は多い。

——おっと、見てる場合じゃないな。

俺《おれ》はすぐに席を立ち、教室を出た。

そのまま真《ま》っ直《す》ぐ校門を目指すと、校門のすぐそばで雪河がスマホをいじっていた。

「お待たせ」

「ん」

俺たちは、二人並んで駅に向かって歩き出す。

この関係を、俺たちはわざわざ隠そうとはしていなかった。

それでも、周りにはまだバレていないと思う。

仮にこの場を見られたとしても、まさかあの陰キャが雪河と一緒にいるわけがないと、認識されない可能性すらある。

「何してんの？　早く行くよ。新刊売り切れちゃう」

「さすがに売り切れるなんてことはないと思うぞ……？」

そう、俺たちはこれから、池袋の〝アニマイト〟に『デイ・アフター・フューチャー』の新刊を買いに行く。

『デイ・アフター・フューチャー』、通称『デイアフ』とは、巨大隕石によって文明が崩壊した日から、生き残ってしまった者たちのその後を描いた物語だ。

人が消えたことで奇しくも美しくなった世界が、超画力で繊細《せんさい》に描かれている大人気漫画である。

「ふつーに『デイアフ』の画集とか欲しいよね」

「分かる。多分連載が終わったら出るんじゃないかな」

そんな話をしながら、電車に乗って池袋へ。

東口の出入り口から外に出て、歩くこと二、三分。

俺と雪河は、新装されたアニマイト池袋店へとたどり着いた。

「私アニマイト初めてなんだけど、平日でも結構人いるんだね」

店の中に入ると、確かに平日とは思えないほどの人気があった。

買い物のためによく来るが、今まで気にしたこともなかったな。

「はぐれるなよ」

「ちょっと、子供扱いしないでよ」

「ごめんごめん」

雪河を連れて、階段を上る。

そしてたどり着いた漫画フロアにある新刊コーナーへと向かった。

「お、あった」

見つけた『デイアフ』の新刊を手に取る。

「よし……他に買いたいものってあるか？」

「とりあえず回っていい？　気になったのがあれば買うかも」

「分かった」

二人で漫画コーナーをぐるぐる回る。

家の本棚を見ると、俺もずいぶん集めたものだと誇らしくなるときがあるのだが、こうして数えきれないほどの本が並んでいるところを見ると、まだまだだと思い知らされる。

「あ、この漫画の新刊出てたんだ」

「それなら家にあるぞ」

「……帰ったら読も」

雪河は手に持っていた漫画を元の場所に戻した。

「あ、こっちも新刊出てたんだ」

「それも家にあるぞ」

「……ガチでなんでも持ってるね」

「それほどでも」

そんなやり取りを繰り返すこと数回。

いつの間にか、雪河が俺の家に来ることを〝帰る〟と言うようになった。

それが少し、照れ臭く感じる。

「……」

「どした？　体調悪い？」

「いや、大丈夫。なんでもないよ」

「……？」

言えない。

照れすぎて黙ってしまったなんて。

「と、とりあえず『デイアフ』だけ買ってくる。ちょっと待っててくれ」

「え、なんで？　私も一緒に行くよ」

「へ？」

「だって私も読みたい本だし、折半したほうがよくない？」

「……」

そういう考え方もあるのか。

確かに、この本は二人で読むものだ。

折半するのは、理にかなっている。

「……いや、それでも俺ひとりで払うよ」

しかし、俺はその提案を断ることにした。

「どうして？」

「本を集めるのは俺の趣味だから。自分の金で買わないと、集めた気にならないんだよ」

「うーん……そういうことなら引き下がるけど」

「ありがとな、気を使ってくれて」

俺はレジへと向かう。

せっかく気遣ってくれたのに、俺のこだわりに付き合わせてしまって申し訳ない。

しかし、自分の力で作品を集める……それだけは、どうしても譲れない部分だった。

◇◆◇

「ねぇ、もうこれ読んでもいい？」

アニマイトを出た途端、雪河が購入したての『デイアフ』を指して言った。

「え、ここで読んでいくのか⁉」

「もう我慢できない」

「ま、まあいいけど……」

近くの公園のベンチに座って、雪河は漫画の包装を開ける。

最初は困惑したが、今日は天気もいいし、外でのんびり読書というのも悪くはない。

せっかくだし、俺も何か読もう。

鞄《かばん》から読みかけのライトノベルを取り出した俺は、続きのページを開く。

ライトノベル……というか小説は、俺にとってはコスパのいい読みものだと思っている。

漫画と同じ値段で、漫画よりも長く読んでいられるのだ。こんなに素晴らしいものは、なかなかない。


それからしばらく読書タイムとなり、三十分ほどが経《た》った。

すると突然、隣から雪河のすすり泣く声が聞こえてきた。

「ぐすっ……うう……」

「……ティッシュいるか？」

「いる……！　ありがと……」

号泣している雪河に、ポケットティッシュを渡す。

そんなに泣けるのか、『デイアフ』の最新刊。

帰ったらすぐ読もう。

「……ごめん、ちょっと化粧直してきていい？　いま絶対ブサイクだから」

「あ、ああ、いいけど」

「すぐ戻るから……！」

ベンチを立った雪河は、そのまま公園を立ち去ってしまう。

まったくもってブサイクではないと思うのだが、女子の基準というのは俺には一生分からなそうだ。

「さて……」

俺は再びライトノベルを開く。

このうちに『デイアフ』を読んでもいいのだが、読みかけの作品を放置するのは気が引けるし、しばしお預けだ。

「あれ――――もしかして、永井《ながい》？」

「え？」

名前を呼ばれて、顔を上げる。

そこには何故《なぜ》か、クラスの一軍メンバーである桃木春流《はるる》が立っていた。

ピリッとした緊張が走る。

別に俺と雪河の関係がバレようがどうでもいいとは考えていたが、いざその機会が迫ると、色々なことを考えてしまう。

雪河は今、一軍メンバーの誘いを断ってここに来ている。

断る口実に出てきた先約が、俺のようなやつだったら……雪河に幻滅してしまう者がいてもおかしくない。

――いや、落ち着け……今ならまだ誤魔化《ごまか》せる。

幸い、雪河は化粧直しに行っている。

今なら俺ひとりでいることにできるはず。

「き、奇遇だな、桃木……」

「ねー。永井はここで何してんの？」

「ああ、好きな漫画の新刊を買いに来たんだよ」

そう言って、俺は『デイアフ』の最新刊を見せた。

これで納得して帰ってくれ。

興味ないだろ、こんな話。

「っ！　『デイアフ』じゃん！　最新刊今日だったんだ……」

「……あれ？　知ってるのか？」

「えっ⁉　い、いや……うん、あー……お、お兄ちゃんが読んでてさ！」

「……？」

どうやら、桃木も『デイアフ』のことは知っていたらしい。

ただ、少し様子がおかしい。何をそんなに動揺しているのだろうか。

「永井って、漫画とか好きなんだ」

「ああ！　もちろん！　漫画もアニメもラノベも大好きだよ！」

「へ、へぇ……」

ほら、お前ら一軍メンバーが大嫌いなオタクだぞ。

さっさとここを離れてくれ。雪河が帰ってくる前に。

――あれ？

俺はある違和感に気づき、周囲を見回す。

「そういえば、他の一軍……じゃなかった、他のメンバーは？」

「ああ、用があって抜けてきたの。今はあたしひとりだよ」

なるほど、どうりで他の一軍メンバーが見当たらないと思った。

「……あのさ、永井。実は……」

「ん？」

「――いや、ごめん。やっぱなんでもない！　それよりさ、永井ってこのあと暇？」

「え？」

「せっかく会ったんだし、ちょっとデートしない？」

「で……デート⁉」

急に縁のない誘いを持ち掛けられ、素《す》っ頓狂《とんきょう》な声が漏《も》れてしまう。

それを聞いた桃木は、前にカラオケに誘ってきたときのように笑い出した。

「あはは！　声おもろ」

「全然面白《おもしろ》くないだろ……俺の声なんて」

「いや、おもろいよ？　それでどう？　あたしとデート」

「……悪いけど、俺もこのあと用があるんだ」

「あー……残念！」

たははと笑いながら、桃木はおでこを押さえる。

一瞬、彼女が本気で残念そうな顔をした気がしたのだが、気のせいだろうか？

なんにせよ、これ以上話を長引かせるのはよろしくない。

変に追及するのはやめておこう。

「じゃあまたね、永井。学校でね！」

「ああ、また」

桃木は手を振りながら去っていった。

彼女の背中が小さくなったのを確認して、俺は息を吐く。

こんな陰キャにも気を使って話しかけてくれるなんて、本当に桃木はいいやつだ。

それに対し、気の利《き》いた返しができずに申し訳ない気持ちになった。

――そういえば……。

桃木のやつ、アニマイトのほうから歩いてこなかったか？

……いや、まさかな。

彼女もオタクだなんて、都合のいい話があるわけがない。

ただ同じ方向から歩いてきただけだろう。

「……お待たせ」

勝手な妄想を頭から追い出していると、背後から雪河の声が聞こえた。

「ああ、戻ったか……って、どうしてそんな不機嫌そうなんだ？」

「別に？　なんでもない」

そう言いながら、雪河はドカッとベンチに座り込む。

化粧直しのときに何かあったのだろうか？

俺が何かやらかした記憶は一切《いっさい》ないのだが。

「……今ここにいたの、ハルだよね？」

「え？　あ、ああ、見てたのか？」

「変に詮索されたくないし、遠くから見てた。永井が鼻の下伸ばしてたところも、バッチリ見てたよ」

「鼻の下を伸ばしてた⁉　俺が⁉」

「伸ばしてたじゃん、ハルに言い寄られて」

何故か雪河は不貞腐《ふてくさ》れたように頰《ほお》を膨らませていた。

しかし、いくらなんでも鼻の下を伸ばしていたなんて言いがかりだと思う。

「もう……私とデートしてんだから、他の女の子とあんま仲良く話さないでよ」

「ちょ、ちょっと待て、これってデートだったのか？」

「――――あ、ま、待って！　今のなし！　なしだから！」

雪河が慌てて発言を否定する。

学校にいるときほどではないが、俺の前でも基本落ち着いた声で喋《しゃべ》る彼女が、まさかこんなに大きな声を出すとは。

よほど失言だったんだろうな、多分。

泥沼にはまりそうだから、こちらからつつくことはやめておこう。

「……よく分からないけど、なんか、悪かったよ」

「いや、あんたは悪くないから……うん、悪くないから」

後半の言葉は、自分に言い聞かせているようだった。

ひとまずは落ち着いたらしい。

「……とりあえず、帰るか？」

「うん……」

妙な空気になってしまった。

ただ、いつまでもここにいるわけにはいかない。

俺たちは駅に向かって歩き出す。

「……あ」

「ん？」

隣を歩く雪河が、声を漏らす。

彼女の視線の先、そこには『マリオネット・ハーレム』のヒロイン、日本人形がモデルである『ミコト』のコスチュームを着た女性が歩いていた。

いわゆるコスプレというやつである。

「いいなぁ……ああいうの」

「雪河、コスプレに興味あるのか」

「え？　あ……うん、ちょっとだけね」

雪河は少し照れた様子で頬を掻《か》いた。

「好きな作品の登場人物になりきるって、めっちゃ素敵じゃん？　お金だってすごいかかるわけだし……それってさ、作品が心の底から好きじゃないとできなくない？」

「……そうかもな」

作品が好きじゃないとできない……確かにそうだ。

今歩いていた彼女も、きっと『マリハレ』のことが心の底から好きなのだろう。

「あのさ、ちょっと見て行きたいところがあるんだけど、いい？」

「いいけど、どこ行くんだ？」

「コスプレグッズが売ってるとこ」

そう言って雪河は、恥ずかしそうに笑った。

◇◆◇

雪河の案内に従って、歩くこと数分。

俺と雪河は、コスプレグッズ専門店の前にたどり着いた。

なんとも独特な入り辛《づら》さを感じる。

ここに入るということは〝コスプレに興味があります〟と宣言しているようなものだから。

「実は、何度かここまで来たんだよね……いつもはなんとなく入れずにいたけど、今日は永井もいてくれるし、入れる気がする」

そんなことを言いながら、雪河は店の中へと入っていく。

彼女にそこまで言われたら、俺もここで尻込《しりご》みするわけにはいかない。

俺は意を決して、雪河の後ろをついていく。

「いらっしゃいませー」

俺たちが入ってきたのを見た店員が、遠くからそんなふうに声をかけてきた。

店内にはアニメキャラたちの衣装や小物が所狭しと並んでいる。

カラフルな衣装ばかりで、目がちかちかする。

まるでここは二次元の世界のようだ。

「――――っと、それで……雪河はなんのコスプレがしたいんだ？」

世界観にのみ込まれそうになっていた俺は、雪河にそう質問した。

同じくフリーズしかけていた雪河は、ハッとしたあと、目を泳がせながら口を開く。

「あ、えっと……『マリハレ』の〝メリー〟になってみたくて」

「メリーか……似合いそうだな」

怪談話が元となった人形、メリー。

ヤンデレキャラである彼女は、ことあるごとに主人公の背後から現れる。

まさに〝メリーさん〟の都市伝説らしい設定。

そして彼女の特徴は、長く美しい〝銀髪〟だ。

雪河だったら、髪型をいじるだけで再現できるだろう。

「そういえば、雪河の髪って地毛なのか？」

「ううん、もともと銀髪寄りだけど、ほんとはもうちょっとくすんだ色。美容院で染めてもらって、この色にしてる」

「なるほどな」

「初めて染めたときは……メリーの画像を見せて、この色にしてくださいって言ったんだよね」

懐かしむように目を細めながら、雪河はそう言った。

「『マリハレ』のコーナーとかあるのかな？　一緒に探してよ」

「ああ、分かった」

俺は雪河のために、雑多な店内を探し回ってみることにした。

店内には、男性、女性キャラ特に区別なく置かれている。

一応作品ごとにまとめてあるようだが、あまりにも衣装の数が多すぎて、目当ての作品自体が見つかりにくい。

「上は小物コーナーか……」

衣装を取り扱っているのは、どうやら今いるフロアのみらしい。

他の階では、ウィッグや小道具を取り扱っているようだ。

となると、このフロアをくまなく探せば見つかるはずだが――。

「永井、あったよ……！」

「お……」

普段より明るい声色で、雪河が俺を呼ぶ。

合流すれば、そこには確かに『マリハレ』のコーナーがあった。

「すごいすごい、全員分あるよ」

そこには、主人公とヒロイン四人分の衣装が並んでいた。

どの衣装も、複雑なデザインが忠実に再現されている。

「へぇ、思ったよりも精巧なんだな……」

「ね。ぶっちゃけもう少し安っぽいと思ってたんだけど」

そう言いながら、雪河が衣装に触れる。

しかしその途端に、彼女の表情が少し曇った。

「……どうした？」

「……永井、ちょっとあんたも触ってみて」

「あ、ああ……」

触れた瞬間、雪河の表情が曇った理由を理解する。

この衣装、外見の再現度はかなり高いのだが、服自体の素材がかなり安っぽい。

ペラペラというか、ただ似せているだけというか。

いや、コスプレ衣装なんだから、再現度が高いことが一番であることは分かっている。

しかし、素材がこうも安っぽいと、どうしてもこの衣装自体がハリボテに見えてきてしまって、最初に見たときの感動が薄れてしまった。

「しかも値段見て」

「え？　……げっ」

衣装の値段を見て、思わず声が出る。

そこには、想像以上の値段が書いてあった。

キャラによって値段は少し違うのだが、一番安いキャラの衣装で、一万円以上かかる。

これは簡単に手を出せる代物ではない。

「一応、上には小物系が置いてあるらしいぞ」

「……見てみよっか」

俺たちは上の階へと足を運ぶ。

表記の通り、この階にはキャラクターのウィッグや、武器やアクセサリーなどの小物が並んでいた。

男子らしく、刀や銃には強い憧《あこが》れを持つ俺だが、それらの値段を見てまたもや愕然とする。

「衣装と大して変わらねぇ……」

平均が、一万円以上。

幸い、メリーは刀や剣は持っていない。

その代わりに、身長大の大鎌を持っている。

そして驚いたことに、この店ではその大鎌もきちんと取り扱っていた。

値段は二万円。

一式揃《そろ》えるとなると、とても高校生の財布では届きそうにない。

おそらく、これでもかなり安いほうなんだろう。

素材などのコストを極限まで抑えて、お手頃価格で誰《だれ》もがコスプレできるようにしてくれているわけだ。

確かに外見はそのままだし、社会人なら手が届くのかもしれない。

「コスプレ衣装って、こんなに高いんだな……一応服だもんな」

「そうだね……私もパパとママから生活費もらってるけど、これ買ったら、今月はパンの耳生活だわ」

コスプレなど、夢のまた夢。

そう思っていた矢先、俺はあることを思いつく。

「なあ、これって手作りしようと思ったらいくらかかるんだろうな」

「え、手作り？」

「ああ、もしかしたらそっちのほうが安いんじゃないかって思って」

自炊したほうが外食よりも安く済むように、全部自分たちで作ることができれば、もしかしたら安く済むかもしれない。

それに生地の材質だって、手作りならある程度こだわることができる。安っぽさを減らせるわけだ。

「……確かに。ちょっと見てもいい？　こういうのは……なんだっけ、手芸店とか、そういうところなら売ってんのかも」

「よし、行ってみるか」

そうとなれば、向かう先は手芸専門店。

スマホで場所を調べて、なんとかたどり着いた店の中には、俺のような人間とは縁遠い景色が広がっていた。

「すげぇ……本当に手芸用品しか売ってない」

「そりゃ専門店だし。でも見て、あれとかコスプレに使えそうじゃない？」

雪河が指さした先には、カラフルな布が綺麗《きれい》に並べられていた。

近づいてみると、確かにメリーのイメージに近い色と素材に見える。

高級感があるというか、厚みが違うというか。

「十センチ単位で買えるっぽい。必要な分だけ買えば、コスプレ衣装より安くなるかも」

「……なんとかなりそうな予感がしてきたな」

それから俺たちは、メリーの画像を見ながら、必要そうな素材を見繕っていった。

しかし、いざ計算してみると、俺たちにとっては嬉《うれ》しくない現実が待ち受けていた。

「小物まで全部自作しようと思うと……一式買うのと大して変わらないな」

「そうだね……そもそもメリーって装飾多いし」

二人してがっくりと項垂れる。

ここに靴やカラーコンタクトの値段も加わるわけで。

そういった細かい装飾もすべて計算に入れたら、コスプレショップに置いてあった衣装を余裕で超えてしまう。

「ただ、間違いなくリアルになるよね」

「……それはそうだろうな」

衣装一式を買うより、こういった素材で一から作り上げたほうが、確実に高級感は出る。

問題なのは、値段と技術。

値段は短期バイトを見つければなんとかなる可能性が高いが、技術は現状どうしようもない。

今から練習すれば、なんとかなるのだろうか？

しかし、練習するにも材料が必要になり、また金が必要になるわけで――――。

「……雪河は、どっちがいい？」

「え？」

「衣装を一式買うのか。それとも、材料を買って、一からメリーの衣装を作り上げるのか」

「……」

衣装を着たいと願っているのは、俺ではない。

すべては、雪河の意思次第だ。

「────ずっとさ……何かに夢中になれる人を、羨ましいって思ってた」

数多の布を眺めながら、雪河はポツポツと語りだす。

「私さ、スポーツとか、勉強とか、全部中途半端《ちゅうとはんぱ》で……なんかずっと冷めてるっていうか。ぶっちゃけあんたのことも、私は尊敬してる。何かに夢中になってる人って、やっぱかっこいいじゃん？」

雪河の真っ直ぐな視線が、俺を射抜く。

まさかそんなふうに思われているとは考えていなくて、面食らってしまった。

「だから……何かひとつでも、全力で夢中になってみたいんだ」

「……ってことは」

「私、一から衣装作ってみる」

その真っ直ぐな眼差《まなざ》しには、強い決意が込められているように見えた。

俺からしたら、その決意こそ羨ましい。

今からでも変わろうと思えるその心が、俺にはとにかく眩しく映った。

「そこでなんだけど……永井も、ちょっとだけ手伝ってくんない？」

「それはいいけど、何をすればいいんだ？　悪いけど、俺もコスプレはずぶの素人だし……」

「とりま、一緒にバイト探してほしいんだけど」

「その程度でいいのか？　別にそんなのいくらでも――――」

「ついでに一緒にバイトしてほしい」

「ついでのレベルを超えてないか？　それ」

衝撃的な要求だった。

しかし、よく考えてみれば、俺もバイトを探そうと考えていた時期だったし、タイミングは悪くないのでは。

「……分かった。協力するよ」

「え、マジ⁉　ありがと永井！」

「うおっ⁉　ちょっと……！」

突然抱き付かれ、柔らかい感触がダイレクトに伝わってきた。

過剰な刺激を受けた童貞オタクは、もはや慌てふためくことしかできなかった。

◇◆◇

家に帰ってきた俺たちは、早速バイトを探し始めた。

俺たちの目標は、メリーの衣装を完成させること。

そのための資金を調達するには、報酬を即日でもらえる日雇いバイトが望ましい。

「土日に入れるバイトで、一日の稼ぎが一万前後が理想だよな」

「うん。それなら二週間で四万は貯まるし……材料費は十分だと思う」

「そうだな、四万あればいけるか」

三万でギリ、四万あれば少し余裕——くらいの感覚。

それを二週間で満たせるなら、むしろ短く思える。

ただ、そんな条件にぴったり当てはまるような仕事なんて、なかなか見つからない。

あーでもないこーでもないと言いながら、探すこと数十分。

「ん……？　なあ、これはどうだ？」

見つけた仕事を、雪河にも見せる。

そこに書いてあったのは、『イベントスタッフ募集』の文字。

土日を中心に行われるイベントのスタッフを募集しているらしい。

場所はここからそう遠くない駅で、日給は一万千円。

これなら二週間分で、四万四千円貯まる。

「イベントスタッフ……いいかも。値段もばっちり」

「しかも、ここ見てみろよ」

「え⁉」

具体的な仕事内容について書かれた部分に、コスプレイベントのスタッフという文字がある。

どうやら、三週間後にある大型コスプレイベントのスタッフを募集していたらしい。

あまりにもタイミングが良すぎる。

もはや運命と言ってもいいかもしれない。

「これは応募したほうがいいんじゃないか？」

コスプレイベントは一日だけだが、他のイベントもアーティストのライブなど、どれも面白そうだ。

「うん、すぐに応募してみる。永井もするんだからね」

「分かってるよ」

まずは応募フォームから必要事項を入力して、募集先に送信。

しばらく待つと〝登録会の案内〟というメールが送られてきた。

「この登録会……？　ってやつに参加しないといけないみたいだな」

「面接みたいなもん？」

「多分そんな感じじゃないか？」

お互いに日程を調整して、今週中に登録会に参加することが決まった。

とんとん拍子に話が進んでしまって怖くなるが、別に何を損する話でもない。

雪河を手伝うため、そしてオタ活代を稼ぐため、ここでは退かないと決めた。

「はぁ……バイトなんて初めてなんだけど、大丈夫かなー」

「まあ、まずはやってみないとな。何事も最初は初めてなんだし」

「……それもそっか」

俺たちは、ちゃんと募集要項を満たしているのだ。

仕事ができるできないは別として、堂々と応募すればいい。

「ひとりで働くわけじゃないもんね。永井だっていてくれるし」

そう言いながら、雪河は軽く肩をぶつけてきた。

何度かこういうボディタッチを受けてきたが、まだまだ慣れない。

「……そういえばさ、コスプレ衣装が完成したとして、その後どうするんだ？」

「その後？」

「撮影とかするんじゃないのか？　コスプレって」

「あ……考えてなかった」

雪河のきょとんとしている顔を見るに、本当に何も考えていなかったのだろう。

無関係な俺が言うのはおかしいかもしれないが、せっかく素材にこだわって再現度を上げようとしているのに、雑な撮影で済ませるのはもったいない。

「確かに……撮影はしてみたいな。自分で衣装を作るなんて、一生に一度かもしれないし」

「……続ける気はないのか？」

「続けてみたい気持ちはあるけど……まだ、分かんない」

――そうか。

雪河にとってこのコスプレは、自分がどこまで夢中になれるかの実験なんだ。

「まずは一着……全力で完成させてみるよ。その次のことは、またあとで考える」

「……そうか」

この一回で終わるかもしれないのなら、それこそ全力を出さないとな――。

◇◆◇

「はぁ……桃木も雪河もいないとしまらねー」

新しく開店した駅前のファミレスで、一年A組の中心メンバーがたむろしていた。

彼らのテンションは、全体的に低い。

それもすべて、雪河月乃と、桃木春流が不在だからである。

「なんか最近付き合い悪くね？　特に雪河」

「最近ってか、まだ同じクラスになってから一ヶ月も経ってないけどね……ま、付き合い悪いってのは同意かな」

山中と渡辺がそんな話をしていると、他のメンバーも同意するように頷《うなず》く。

毎日のように遊んでいる彼らだが、雪河は二日に一回くらいの頻度でしか参加しなくなっていた。

桃木も、ここ数日は途中で帰ることが増えている。

一軍メンバーは、ビジュアルが飛び抜けている雪河月乃と桃木春流がいてこそ。

つまるところ、彼女らが参加しているグループこそが、一軍と呼ばれるのだ。

二人が違うメンバーで固まるようになれば、そのグループこそが一軍。

一軍こそがステータスだと思っている彼らにとって、この状況は望ましくない。

「なあ、お前はどう思うよ、鬼島」

「ん?」

話に参加せず、ボケーっとスマホをいじっていた鬼島は、いつも通りの冷めた視線を山中へ向ける。

「あー……まあ、別にいいんじゃね?　二人だって都合悪いときくらいあんだろ。俺だって、ジムがある日は付き合えねぇし」

「お前は事情が分かってるからいいんだよ！　でもさぁ、あいつら用があるって言うだけで、何してんのか全然教えてくれねぇし……」

「……」

「それに噂なんだけどさ。雪河が男と歩いてるのを見たって言ってるやつがいて……」

山中がそう告げた途端、この場にいた鬼島以外の男が前のめりになる。

「マジかよ⁉　相手は⁉」

「なんだっけ……うちのクラスの……永田？」

「ん？　そんなやついたっけ？」

永山、永浜、そんな名前がいくつか並ぶ。

しかし彼らは、結局クラスメイトの名前を思い出せなかった。

それだけ、自分たち以外の存在に興味がないのだろう。

ただひとり、鬼島を除いて。

「―――永井じゃねぇのか、そいつ」

「あー！　そう！　永井だ！　って鬼島、知ってんのか？　永井のこと」

「クラスメイトなんだから名前ぐらい分かるっつーの」

「永井ってあれだろ？　あの……陰キャのさ、いつもひとりで飯食ってるやつ」

そこまで言っても、一軍メンバーの中にはピンと来ていない者が多かった。

「ま、まあ、いくらなんでも雪河がそいつと付き合ってるなんてのはありえねぇよな。不釣り合いすぎるっつーか」

「だな！」

皆がゲラゲラと笑う中、鬼島だけが不快そうに顔をしかめていた。

そして盛大にため息をつくと、財布から千円札を取り出し、テーブルに置く。

「悪い、今日は俺も先帰るわ。体動かしたくなっちまった」

「お、おう、そうか。また学校でな」

「ああ、またな」

席を立った鬼島は、一切振り返らないままファミレスを出る。

そして空を見上げ、もう一度盛大にため息をついた。

「……なんか、面倒臭くなっちまったな」

その一言は、当然誰の耳にも届かない。

彼の足は、そのまま駅のほうへと向かった。

第六話
初バイト

それから俺《おれ》たちは、イベントスタッフのバイトを順調にこなした。

土日にバイトが入っているのは、正直かなりしんどかった。

しかし、それもようやく終わりが見えてきた。

あと一日。コスプレイベントのスタッフが終われば、雪河《ゆきかわ》は目標金額を手にできる。

「というわけで、男性はテントの設営、女性は飲み物や更衣室の準備をお願いします」

イベントスタッフのチーフにそう指示された俺は、隣に立っていた雪河に視線を向けた。

「頑張ろうな、最終日」

「うん」

雪河とはここで別れ、俺はテントの設営メンバーと合流する。

「えっと、永井《ながい》君か。君はそっちの足を持ってくれる？」

「はい」

バイトの先輩に従って、俺はテントの足部分を持つ。

相変わらず人付き合いが苦手な俺だが、他のスタッフとのやり取りを経て、少しずつその意識が改善されつつあった。

「テント固定するよー！」

熟練の先輩の指示で、俺たちはテントが倒れてしまわないように固定していく。

このテントは、主にイベント参加者の受付だったり、スタッフの待機場所になる。

「手が余っている人は音響機材を運んでください！　イベントは十一時からなので、各自それまでに持ち場についているように！」

ちょうど手が空いた俺は、音響機材を運び出すことにした。

数名のスタッフと共に、所定の位置へと機材を運んでいく。

機材のセットは慣れているスタッフが担当してくれるから、これでイベント開始前にできることはすべて終わった。

「ふぅ……」

一息つくべく、俺は休憩場所に置かれていた椅子《いす》に腰かける。

すると俺の頬《ほお》に、突然冷たい感触が走った。

「ひっ――――」

「『ひっ！』だって。おもろ」

「なんだ……雪河か」

いつの間にか近くにいた雪河が、俺に炭酸ジュースを差し出してくる。

「ありがとう。金は……」

「別にいいって。今日まで一緒に働いてくれたことへのお礼」

「……分かった」

お言葉に甘えて、俺は炭酸ジュースを受け取った。

ちょうど喉《のど》が渇いていたのだ。

「今日来るコスプレイヤーって、どんな感じなのかな？」

「想像できないな……」

今日のイベントのテーマは、コスプレイヤーのお祭りらしい。

敷地内であれば、コスプレのまま自由に移動して飲み食いなどもできるらしく、様々な作品のキャラクターたちが、イベントを楽しんでいる姿を見ることができる。

「私はこのあと受付係なんだけど、永井は？」

「男子更衣室への案内係だ」

「じゃあ、担当場所はあんま離れてないね」

そう言いながら、雪河はどこか安心したように胸を撫でおろす。

ここまで来て、まだ不安なことがあるようだ。

「バイトもこれで四回目だろ？　さすがに慣れたんじゃないのか？」

「ぜんっぜん。なんかやらかさないかずっと不安」

「そ、そうか……」

そう言われると、急に俺も怖くなってきた。

案内係として誘導するだけだから、大丈夫だとは思うけど……。

「でも、今日で最後だから……しっかりしないとね」

「……ああ、そうだな」

これはあくまで資金調達という、コスプレ衣装を作るための準備段階だ。

本番はまだまだこれから。

最後までしっかりやり切って、次に繋《つな》げよう。

「今日のイベントは、衣装づくりの参考になりそうだな」

「うん。色々勉強させてもらうつもり」

そう言いながら、雪河はグッと拳《こぶし》を握りしめた。

◇◆◇

「こちら男子更衣室になりまーす！　男性の方はこちらでお着替えをお願いしまーす！」

男子更衣室の方向を示す看板を持った俺は、イベント参加者に向けてそう叫んだ。

十一時になってなだれ込んできた参加者の数は、まさに祭りさながら。

コスプレイヤーの数も多いのだが、それ以上にカメラマンの数が多い。

ただコスプレを見に来た参加者もいるため、これだけの来場者がいるのも納得だ。

「ねぇねぇ、君知ってるかな？」

「……はい？」

突然、俺と同じく案内役をしていた男性、坂口さん（自称婚活中の三十七歳フリーター、アニメオタク）が俺に話しかけてきた。

この人、ちょっと笑い方が不気味なんだよな。

「今日この会場には、芸能事務所のスカウトも来るって噂なんだ。だからいつもより参加者が多いんだよ」

「へ、へぇ……そうなんですね」

「いいよね、スカウト。僕もあと二十年若かったら、多分スカウトされてたと思うんだけど」

「た、確かに」

やばい、めちゃくちゃ離れたい。

変に受け答えしてしまったのが悪かったのだろうか、それから坂口さんはひっきりなしに俺に話しかけてきた。

「僕はね、『魔法少女キャンディ』ってアニメが好きなんだ。知ってる？　キャンディ」

「あ、いえ……よく知らないです」

「知らないの⁉　じゃあ説明してあげるよぉ」

急に隣で『魔法少女キャンディ』についての説明が始まった。

とっさに嘘《うそ》をついてしまったが、俺はもちろんその作品についても知っている。

知っていると答えたら面倒なことになると思った上での嘘だったのだが、どうやらこの質問は、どちらと答えても結果は同じだったらしい。

「僕はこの作品が一番好きなんだ。分かってくれたかな?」

「は、はい……そりゃもう」

「でもさ、聞いてほしいのはここからなんだ!」

——まだあるのかよ。

頼むから仕事させてくれ。そして仕事してくれ。

「キャンディのコスプレをしてた女の子がさ、大手の事務所にスカウトされてから一切《いっさい》キャンディのコスプレをしてくれなくなったんだ! ひどいと思わないか⁉ 確かにキャンディはそこまで有名なアニメじゃないし、ファンだってコアなやつしかいないけどさ! その子も作品が好きでコスプレしてたんじゃないのかなって!」

「う……うーん」

「だから僕はね、芸能界デビューはいいことばかりじゃないと思うんだ! 中でもコスプレを踏み台にして芸能界に行こうとしている子は、僕あんまり好かんのよね!」

その人たちも、あんたに好かれたいとは思ってないと思うが——まあ、それは置いといて。

会場を見渡すと、ひたすら目立つ場所を陣取っている人たちがいた。

フォロワー稼ぎのためか、ＳＮＳのＩＤが書かれたボードを必ず自分の近くに置いている。

それ自体は、何も悪くない。

ここは自己表現の場なのだから、大いにアピールしたらいい。

しかし、中には褒められない行動を取っている人もいる。

目立っているコスプレイヤーを睨《にら》みつけ、明らかな敵意を向けている人たちは、純粋にコスプレを楽しんでいるとは思えない。

――スカウト……か。

俺はふと、雪河のほうへ視線を向ける。

「……なんだあれ」

そこには、衝撃の光景があった。

何故《なぜ》か受付の周りに、人だかりができている。

その中心にいるのは、雪河と、そして見知らぬひとりの男性だった。

「すみません、坂口さん。ちょっとここ離れます」

「なっ！　僕を頼るというわけだな⁉　よろしい、では役目を果たしてみせよう！」

この場を坂口さんに任せ、俺は走り出す。

雪河がトラブルに遭っているのではないかと踏んだ俺は、彼女を取り囲む人々をかき分け、中心へと急ぐ。

「あの……こういうの困るんですけど」

「そう言わずに！　君のような美しい女の子に出会ったのは初めてだ！　ぜひ！　我が芸能プロダクションにスカウトさせてほしい！」

「……そう言われても」

坂口さんの話を聞いた上で、俺の中には嫌な予感が芽生えていた。

そしてそれは、目の前で現実となっている。

何度も言うが、雪河月乃《つきの》という存在は、誰《だれ》もが目を逸らせなくなるほどのビジュアルをしている。

たとえスタッフが着ているシンプルな恰好であっても、人目を惹《ひ》くに決まっているのだ。

そんな彼女に、スカウトが目を付けないはずがない。

「君の美貌は唯一無二だ！　生かさないのはもったいないよ！」

雪河を口説く帽子の男性は、手招きで誰かを呼び寄せる。

するとスーツを着た男が現れ、帽子の男性にアタッシュケースを渡した。

「これは契約のための前払い金。受け取ってくれないか？」

男がアタッシュケースを開くと、そこには札束《さつたば》が入っていた。

それを周りで見ていた者たちから、歓声が上がる。

「あの人、ハヤシバラ芸能の社長だろ？　さすが、金持ってんなぁ」

「でも確かにあの子めっちゃ可愛《かわい》くね？　デビューしたら絶対売れるって」

そんな声が聞こえてくる。

芸能人に興味がない俺でも、ハヤシバラ芸能は知っていた。

多くの人気俳優やタレントを抱え、芸能界にはなくてはならない超大企業。それがハヤシバラ芸能。

その社長自らが、雪河をスカウトしようとしている。

これはとんでもない事件なのでは……？

「俺が君の才能を輝かせてみせる！　だからどうか！　うちの事務所に来てくれないか！」

「……」

雪河だって、ハヤシバラ芸能くらいは知っているだろう。

それでも彼女は、心の底から困った顔をしていた。

そして何かを探すように、視線を泳がせる。

「あ……」

行く末を見守っていた俺と、雪河の目が合う。

すると彼女は、ホッとした様子を見せた。

それを見たとき、俺の体は自然と動き出す。

「――あの、すみません。俺の彼女にそういうスカウトしないでもらっていいですか?」

気づいたときには、すでに俺は雪河を守るように立っていた。

何故こんなことができたのか、自分でもよく分からない。

ただ、雪河はこの状況で俺に助けを求めていた。

それだけは間違いない。

「この子が……君の、彼女?」

「……ええ、まあ」

社長の顔は、明らかにぽかんとしている。

そりゃ信じられませんよね。俺みたいな冴《さ》えない男が、こんな美少女の彼氏だなんて。

しかし、ここまで出てきてしまったからには、もう退けない。

「……まあいいや。君がこの子の彼氏だとして、これは君にとってもいい話だと思うけどね」

「……?」

「考えてもみなよ。俺のスカウトに乗れば、この子は一世を風靡《ふうび》するタレントになる。そしたら彼女は、誰もが羨《うらや》む最高のスターだ! 君のためにも、彼女のためにも、ここは乗るべきだと思わないか?」

確かに、恋人がスターだったら、それは喜ばしいことなのかもしれない。

だが、雪河が嫌がっている時点で、そんな栄光はいらないのだ。

「……どうか他を当たってください。彼女は特に興味ないようなので」

「どうして君が答える？　俺は君の後ろにいる彼女に訊いているんだ」

「そんなに威圧的にならないでくださいよ。彼女が怯《おび》えるんで」

「はぁ？　俺が威圧的？　君さ、あんまり人聞きの悪いこと――――」

ヒートアップしてきた社長の肩を、とっさにスーツの男性が摑《つか》んで止める。

それで冷静になったのか、社長は咳《せき》ばらいをして、シャツの襟《えり》を正した。

「ふぅ……見たところ君たちは高校生みたいだ。俺としたことが大人げないところを見せるところだったよ。仕方がない、この場でのスカウトは諦《あきら》めよう。その代わり少しでも興味があったら、すぐに俺のところに電話するんだよ」

そう言って、社長は俺に名刺を押し付けてきた。

「はぁ……ま、他も探しに行こうか。ついでにね」

「はい。社長」

社長が俺たちのもとから去っていく。

その背中に警戒の眼差《まなざ》しを向けていると、俺の袖《そで》を雪河が引っ張った。

「ごめん、永井……私」

「雪河は何も気にするな。それより、俺も出しゃばって悪かったよ。……大丈夫か？」

「うん……平気。詰め寄られて、ちょっとびっくりしただけだから」

雪河の顔色が悪い。

残念だけど、これではもう仕事にならないだろう。

「……あの、そこの二人さ」

雪河をどこかで休ませようとしていると、バイトリーダーが声をかけてきた。

「ちょっといいかな、二人ともこっちに来てほしいんだけど」

「……分かりました」

俺は雪河に手を貸して、バイトリーダーのあとをついていく。

移動中、一部のコスプレイヤーの視線が、雪河に突き刺さっていた。

自分を差し置いてスカウトされた雪河が、許せないのだろう。

そんなの、もちろん俺たちが知ったことではないのだが。

◇◆◇

「ふぅ……まあ、大事にならなくてよかったな」

イベント会場を離れ、ファミレスで少し休憩を取ることにした。

ドリンクバーから取ってきた炭酸ジュースを飲み干し、対面に座る雪河へ視線を向ける。

会場にいたときよりも、いくらか顔色はよくなっただろうか。

「うん……ほんとごめん。巻き込んじゃって」

「俺のことはいいよ。それより……雪河は大丈夫か？」

「もう落ち着いてきたから、大丈夫……だと思う」

あのあと、バイトリーダーについていった俺たちは、その場で一日分の給料を渡された。

いや、あれは押し付けられたといってもいいだろう。

なんでもあの社長の会社、ハヤシバラ芸能は、今回のコスプレイベントのスポンサー企業だったようだ。その社長といざこざを起こした俺たちを働かせておくわけにはいかなくなったというわけだ。

つまりこの金は、言わば手切れ金というやつである。

「ああいう勧誘、慣れてないのか？　てっきり、何回も経験してるものだと思ってたよ」

「まあ、ね。だけど……」

「……？」

「……ここじゃ話しにくいから、やっぱり永井の家行ってもいい？　二人しかいないところで話したい」

そう言われた俺は、素直に頷《うなず》いた。

少し時間をかけて、俺たちはマンションに帰ってきた。

俺しか住んでいなかったはずの部屋には、あれから少しずつ彼女のものが増えている。

なんとなくだけど、これが俺と雪河の関係が近づいている証拠のように思えた。

「ココアでも作るよ」

「うん。ありがとう」

キッチンでココアを作ってから、雪河が待つソファーに腰掛ける。

そしてしばしの間を置いて、雪河は口を開いた。

「日本に来てからの話なんだけど……私、何度か男の子に告白されたの」

「……そんな噂は聞いたな。確かサッカー部の先輩だったとか」

「そう、その人。学校じゃ有名な人だったから、やっぱ周りに伝わるのも早いんだよね。他にも二人くらいいたけど」

「……まだ入学してから一ヶ月くらいなのにな」

「まあ、見た目はいいしね、私」

「そこは自覚あるんだな……」

ここまで清々しく言われたら、「こいつ！」ともならん。

「好かれるのは別にいいんだけどさ。みんな、目が気持ち悪くてさ」

「目？」

「そ。私を見る目がね」

そう言いながら、雪河は自身の体を抱き込むようにして縮こまる。

その行動を見て、俺はある程度話の内容を察してしまった。

「先輩にね、言われたんだ。『恋人が無理ならセフレでもいい。そんな恰好してるなら、経験豊富だろ』……って」

「……！」

「確かに、私は好きでこの恰好してるし、そういう見方をされても仕方ないって覚悟してるけどさ……面と向かって言わなくたっていいじゃんね」

雪河の表情が歪《ゆが》む。

ひとつとはいえ、年上の男からそんなふうに言われて恐ろしく感じないわけがない。

おそらく、すでにとてつもないトラウマになっているのだろう。

「それ以来、男の人に正面から迫られると、パニックになるようになっちゃってさ……マジで情けないよね」

「っ！　そんなわけないだろ……！」

そう言いつつも、俺はふと疑問を抱く。

じゃあ、今ここにいる俺はなんだ？

俺だって男なのに、どうして雪河は俺と一緒にいてくれるのだろう。

「ふふっ……顔に書いてるよ、永井」

「え？」

「〝俺と一緒にいて大丈夫なのか？〟って」

思わず顔が赤くなる。

そんなに分かりやすいのか、俺って。

「永井はなんか……大丈夫なんだよね。ここにいると落ち着くし」

「……そうなのか？」

「あんたが私を守ってくれてるみたいな？　ここにいていいって言われてる気がするんだ」

雪河が俺に向かって微笑《ほほえ》む。

その姿を見て、俺は自分の心臓の高鳴りを感じた。

「言い忘れてたから、いま言うね。さっきは助けてくれてありがとう」

「……ああ、お安い御用だ」

俺がそう言うと、雪河は嬉《うれ》しそうに笑った。

「はー……てかさ、見た？　コスプレイヤーの人たちの睨み方」

「え、気づいてたのか……」

「まあね。女子は視線に敏感だから。胸とか太ももとか、見られてるとすぐ気づくし」

ギクッとしてしまった。

女性は視線に敏感とは聞いたことがあったが、まさか本当だったとは。

「その……なんか、悪い」

「あはは！　別に怒ってないって！　永井なら別に嫌じゃないし」

「……」

その言葉にどういう意味があるのか、俺は問うことができなかった。

「でもマジでどーしよ。やっぱ恰好が悪いのかなー」

自分の恰好を見下ろしながら、雪河は言う。

今はバイト帰りということもあり、特に露出が多い恰好というわけではないが、それは普段と比べての話。

普段の雪河は、胸元《むなもと》を開け、短いスカートからシミひとつない生足を晒《さら》している。

今はブレザーや、カーディガンを着ているからまだマシだが、これからの季節のことを考えると、また男に言い寄られてもおかしくない。

「こうやって悩むくらいなら、地味な恰好したほうがいいよね？」

「……いや、雪河が我慢する必要なんてないと思う」

「え？」

「好きな恰好をしたいなら、すればいいじゃないか。悪いことなんて何もしてないんだから」

「……」

言葉の暴力は、決して軽いものじゃない。

だけど、強気になって無視すれば、そんなものは存在しないのと一緒だ。

「今日みたいなことがあったら、そのときは……また俺が助けるよ。一緒に逃げることくらいは多分、できるからさ」

雪河の目を真っ直《ま》ぐ《す》見つめながら、俺はそう告げた。

すると彼女は、噴き出すように笑い出した。

「……ぷっ、なにそれ。そこはもっとカッコつけてよ」

「できないことは言わない主義なんだよ」

「うそうそ。冗談。これでも頼りにしてるんだから」

そう言いながら、雪河は肩と肩をぶつけた。

二人の距離は、極めて近い。

この距離感に、俺は不思議と心が安らいでいた。

「けど……あの社長の態度はともかく、スカウトを蹴《け》ってよかったのか？」

「んー？」

「詳しいことはよく分からないけど、雪河なら芸能界でも成功してたんじゃないか？」

「あー、そういうのマジ勘弁。めんどーだし」

「ふーん……？」

「だってさー、もしデビューなんてしようものなら、こうやって永井の部屋に入り浸って漫画読んだりアニメ観たりできなくなるんだよ？　絶対イヤだわ」

「そ、そんなに重要なことか……？」

「当たり前じゃん。永井と遊べなくなったらなんの意味も――――って、まあそれは置いといて」

急に誤魔化《ごまか》されて、俺は首を傾げる。

「……あのさ、助けてくれたとき、私のこと彼女って言ったよね」

「ぶっ――――」

唐突な指摘に、思わず噴き出してしまう。

確かに言った。勢いで。

「あれはなんというかその……助けに入るための口実が欲しかったっていうか……咄嗟《とっさ》だったっていうか……」

「ふーん？　永井は私に芸能界デビューしてほしくなかったんだ」

「ま、まあ……そうなるのか？」

「なんで？」

「なんでって……」

――なんでだろう。

雪河が困っているように見えたから、助けに入った。

そこまでは間違いない。

でも、多分それだけじゃなかった。

俺はもしや、彼女が遠くに行ってしまうような気がして、怖くなったのか？

――だとしたら……俺は……。

困り果てた俺を見て、雪河がニヤニヤしている。

からかわれていることに気づいた俺は、眉間に皺《しわ》を寄せた。

「あら、イジけちゃった……まーいいや。それよりも、貯まったね、お金」

「ああ、頑張ってよかったな」

「永井が付き合ってくれたおかげ。私ひとりじゃ、多分こんなに頑張れなかった」

話がこじれそうになったが、これで雪河は目標金額を手に入れた。

次にやるべきことは、素材を買って、衣装を作ること。

ゴールはまだまだ先。足を止めている場合じゃない。

「やっぱ、ミシンとか必要なのかな？」

「手縫いは無理じゃないか……？　なんか、やり方講座の動画とかないかな」

「探してみよっか」

文明の利器《りき》を用いて〝コスプレ衣装〟〝手作り〟で調べてみることにした。

しばらくネットを漁《あさ》って、分かったことがある。

まず、ミシンはほぼ必須だ。分厚い布を縫い合わせていく中で、手縫いはあまりにも難易度が高いうえに、効率が悪い。

次に分かったのは、細かい装飾やデザインの入った布は、技術力が乏しい俺たちだけで作るのはまず不可能だということ。

そういう布は、業者に制作を頼んだほうがいいようだ。

「ミシンか……一応、安いやつなら買えそうだけど」

「安物はよくないと思うけどな……失敗しても、買い直す余裕はないし」

「そうだよねー」

「お、ミシンのレンタルってのがあるぞ？　これなら安く済むんじゃないか？」

「でも、作るのにどれだけ時間かかるか分からないっしょ？」

「……確かに」

じゃあ、駄目だな。

何ヶ月間も借りるようなら、買うより高くなる可能性もある。

それに、俺たちは初心者だ。どれだけ丁寧に扱っても、壊してしまう可能性だってある。

そんなことになったら、とても俺たちの手持ちじゃ弁償できない。

「そうだ、被服室を借りるっていうのは？」

「……あー！　それいいかも」

家庭科の授業で使う被服室。

あそこなら、ミシンを借りることができるかもしれない。

「けど……他の人に見られるかもしれないいな」

「んー、大丈夫じゃない？　鍵《かぎ》かけちゃうとか」

「それはちょっと問題ある気がするが……」

「まあ、できれば誰にも知られたくないし、学校でやるのはちょっと無理かも。バレたら絶対めんどいよね、特に男子とか」

「それは間違いないだろうな」

ただでさえ、雪河は周りから色眼鏡《いろめがね》で見られている。コスプレをしようとしてるなんて情報が出回れば、ちょっかいを出してくる連中は急増するだろう。

おそらく、これまで以上に窮屈な思いをするはずだ。

「とりあえず、借りるのは最終手段かなー。一旦《いったん》材料から買いに行かない？　他のものが欲しくなっちゃう前にさ」

「おいおい……」

「だって持ってたら使いたくなっちゃうじゃん。でも材料買っちゃえば、もう作るしかなくなるっしょ？」

「……一理あるか」

「明日暇？　池袋行こうよ」

「分かった、付き合うよ」

続いて俺たちは、衣装に必要なものを見繕うべく、下調べを続けた。

第七話　コスプレ師匠

「えー！　月乃《つきの》ちゃん今日も来れないの⁉」

「ごめん、他に用があるから」

週初め。

俺《おれ》の後ろで、いつものように集まっていた一軍メンバーは、今日も今日とて放課後の過ごし方を話し合っていた。

渡辺がコンビニの〝限定カレーチーズまん〟を食べたいらしく、その方向で話が決まりかけていたのだが、ここで雪河《ゆきかわ》が不参加を表明してしまったことで、話がこじれかけている。

「用って何？　そう言って最近全然遊んでくれないじゃん」

「別にいいじゃん。そもそも毎日集まる意味あんの？　そんなに遊ぶ必要なんてないじゃん」

「っ……！　そんな言い方しなくてもいいじゃん！　ウチら友達でしょ⁉」

「友達……」

雪河がそう呟《つぶや》く。

果たして、彼らは真の友達と言えるのだろうか。

友達ならば、必ず誘いに乗らなければならないのだろうか。

――そんな関係、疲れるだけじゃないか。

盗み聞きしている身分で言うのもなんだが、俺はそんなふうに考えてしまう。

「ユカの言う通りだって。最近付き合い悪いぞ、雪河。俺たちいつメンじゃん？　やっぱお前がいてくれないとさ」

「そう言われても……」

「……まあ予定があるなら無理にとは言えねぇけど。もうちょい俺たちのこと優先してくれてもいいんじゃね？」

――それは雪河がどうしたいかによるのではないだろうか。

「あーっと、ごめん。実はあたしも今日予定があってさぁ……」

「え、ハルも？」

両手を合わせ、桃木《ももき》が全員に謝罪する。

この状況、一軍メンバーとしてはたまったものじゃないだろう。

「ねぇ、ハルも最近付き合い悪いよ？」

「二人してどうしたんだよ……まさか、別のやつとつるんでんのか⁉」

山中の声は、ずいぶんと焦《あせ》っていた。

一軍メンバーは、どう見ても雪河と桃木が中心になっている。

つまり、彼女らがいてこそ、一軍なのだ。

この二人が同時にいなくなるようなことがあれば、それこそ地位は転落する。

今までの学校生活が、一変してしまう。

最近の雪河が、非協力的になっていることは、火を見るよりも明らか。

せめて桃木だけでも引き止めなければ、一軍は本当に終わりだと他のメンバーたちは考えているのだろう。

そんな山中に対し、桃木はすぐに否定の言葉を返す。

「違うよ！　ちょっと、その……家庭の事情でね？」

「……ほんと？」

「え、もしかして……あたしが嘘《うそ》ついてるって言いたいの？」

「あっ……ち、違うよ⁉　うん、家庭の事情なら仕方ないね……」

「そうなんだよぉ……ごめんね？」

――白々しいな。

誰《だれ》が聞いても、桃木のセリフは嘘だって分かる。

ただ、追及できない。

桃木が一瞬露わにした威圧感で、渡辺は自分の立ち位置を理解させられた。

しつこく迫るような真似をすれば、自分はこのグループから追い出されてしまう立場だと。

「これからは気を付けるからさ、今日のところは本当にごめんね？」

「……」

そんな桃木の言葉に対し、一軍の面々は口ごもる。

言いたいことは山ほどあっても、口にした時点で彼らは負けるのだ。

やはり彼らのことは、ちっとも羨《うらや》ましいと思えない。

雪河や桃木にばかり縋って、追い出されたくないから本音も言えず、常にびくびくしながら生活する。

見返りは周囲の羨望だけ。

それの何が楽しいのか、俺にはまったく分からない。


放課後になって、俺と雪河は、衣装の材料を求めて池袋へと向かった。

「……」

電車に揺られながら、俺は雪河の顔を覗《のぞ》く。

不機嫌――――とまではいかないが、明らかに不満を抱えている顔がそこにあった。

「……ん、なに？」

「あ、いや……あんま元気なさそうだなって思って」

「別に……心配してくれてありがと。私は大丈夫。ちょっと、めんどいことになったなーって」

「渡辺とか山中のことか？」

「まあね……別に、悪いやつらじゃないのは分かってんだけどさ」

雪河の口からため息が漏《も》れる。

やはり、相当気が滅入《めい》っているようだ。

「……こう言ったらあれだけどさ、わざわざつるむ必要もないんじゃないのか？」

「うーん……まあ、あんたの言う通りなんだけど」

雪河は至極難しい顔をしている。

どうやら頭の中を整理しようとしているようで、そのまましばらくうんうんと唸《うな》っていた。

雪河は、親から人間関係の大切さについて諭され、それを心がけて生きている。

立派なことだ。俺にはできないからこそ、深く尊敬する。

しかし、誰と仲良くするのかは、雪河の自由だ。雪河なら、他にも仲良くできる人間なんて山ほどいる。彼らにこだわる必要なんて、どこにもない。

「でもさぁ……やっぱつるまなくなったら絶対めんどいことになるじゃん？　入学したばっかだしさー……気まずくなるほうがダルいよ」

指遊びをしながら、雪河は言葉を続ける。

「別にめんどいだけで、嫌なことされてるわけじゃないし……わざわざ友達やめるとかさ、

「ハードルちょー高くない？」

「俺はまず友達になるところで躓くけど」

「ごめん、話した相手が悪かったわ」

――憐れむなって。

「このくらいで切ってたらさ、どこに行っても同じようなことになりそうじゃん？　ある程度我慢は必要なのかなーって」

「うーん……」

言わんとしていることは分かる。

それでも俺としては、雪河とつるんでいることをステータスにして、優越感に浸っている連中のことを考えてやる必要なんて、まったくないように思えてしまう。

「ま、これからもテキトーにやってくよ……ひどくなるようなら、また考えるけど」

「そっか」

ひとまず、今回の件は先送りにするようだ。

そんな話をしているうちに、俺たちは池袋に到着した。

さて、目的は前に訪れた手芸ショップ。

雪河はバイトで稼いだ金を握りしめ、あのときは買えなかった材料たちと再び対面した。

「必要な布の大きさは計算してきたけど……買える、よな？」

「うん。多分買える！　まずは一番大きい布を――――」

雪河が基礎となる布に手を伸ばす。

すると、その手は別の誰かとぶつかってしまった。

「あ、ごめんなさっ……」

その人物が手を引っ込め、こちらを見る。

驚いたことに〝彼女〟の顔には見覚えがあった。

「……ハル？」

「つ、月乃!?　それに永井《ながい》まで……どうしてここに……はッ!?」

混乱している桃木は、とっさに持っていた紙袋を手で隠す。

しかし、とっさだったせいか、中身が上手《うま》く隠れていなかった。

「……ウィッグ？」

紙袋の中には、カラフルな髪の毛が見えている。

それはコスプレ専門店で見た、キャラクターのウィッグによく似ていた。

「これは……そのぉ……そ、そう！　将来美容師になりたくて、カットの練習台として使おうかと――――」

「……じゃあ、手芸ショップにはなんの用があったんだ？」

「それは……洋服デザインの道に進むため……？」

「俺に聞くなよ……」

「う、うぅ……」

ついに諦《あきら》めたのか、桃木はその場でへたり込んでしまった。

おそらく彼女は、コスプレグッズを買うためにここに来たのだろう。

「まさかこの二人に見られるなんて……ん、待って、どうして二人がここにいるの？」

「「……」」

互いの意思を確認すべく、俺と雪河は顔を見合わせる。

ここは、素直に話してしまってもいいんじゃないだろうか。

「……実はね、ハル」

雪河も俺と同意見だったようで、これまでのことを淡々と話し始めた。

偶然趣味が合って、俺とオタ友になったこと。

コスプレをするために、衣装づくりから始めようとしていること。

それらを真面目《まじめ》な顔で聞いていた桃木は、最後に感心したように息を漏らした。

「はぁ～～～なるほどね。それで二人はそんなに仲良さそうにしてんだ」

「え？　う、うん……まあね」

「なるほどなるほど。いいね、青春って感じする。まるで『オタクなギャルは着飾りたい』の世界みたい」

うんうんと頷《うなず》きながら、桃木はそう言った。

『オタクなギャルは着飾りたい』とは、服飾系の専門学校に通っている男子学生が、再会した幼馴染のためにコスプレ衣装を作るという作品。

幼馴染はギャルなのだが、会っていなかった数年でヘビーなオタクになっており、主人公は終始振り回される。

しかし、好きなものは堂々と主張するというヒロインの強気な性格に惹《ひ》かれ始め、やがてはオタク趣味とコスプレを中心に、仲を深めていく。

オタクに優しいギャルという流行りに乗った、素晴らしいラブコメだ。

ただ、内容が若干アダルト寄りなせいで、一般には決して浸透していない作品でもある。

つまり、この作品の名前を出したということは、桃木も〝こちら側〟ということだ。

「ハルも……オタクだったんだ」

「……そうだよ！　オタクだよ！」

隠すことを諦めた桃木は、涙目になりながらそう主張する。

「二人がオタクじゃなかったら、ここで潔く腹を切って死んでるところだったよ……！」

「オタバレがそこまで嫌か……？」

「これでも、クラスメイトには絶対バラさないつもりだったんだからね⁉　オタクだって気づかれたら、絶対キモがられるし……特にユカとか！」

確かにああいうタイプは、オタクを嫌うだろうな。

長年オタクをやっていると、自分たちを毛嫌いする人種は、見ただけで分かる。

「……とりあえず、一旦《いったん》移動しないか？　立ち話もあれだし」

「そうだね、そうしよう」

二人の同意を得て、俺たちは手芸ショップを離れた。


店を出た俺たちは、近くにあったカフェに入った。

どことなく妙な雰囲気に包まれながら、それぞれ顔を見合わせる。

「えっと……それで、あたしの話をすればいいのかな？」

「差し支えなければ……」

「……月乃と永井だから話すんだからね。他の人には絶対言わないでよ？」

その要求に、俺たちは深く頷く。

「じゃあ、その……なんであたしが手芸ショップにいたのかって話なんだけど……」

ミルクティーで口を潤した桃木は、か細い声で自分のことを語り始めた。

「オタク趣味に目覚めたのは、中一のとき。たまたま深夜アニメにハマって、そっからずっと追ってる」

「じゃあ……ハルがコスプレにハマったのは？」

「中二のとき、かな？　ネットで知り合ったオタ友とコミケ行って、初めてコスプレイヤーを見たんだよね」

雪河の質問に答えた桃木は、懐かしそうに目を細める。

「あの人、ちょー綺麗《きれい》だったなぁ……。それから、お小遣《こづか》いでちまちま衣装の材料買ったりして……二年くらいで十着は作ったかな。まあ、そのせいでいっつも金欠なんだけど」

桃木はたははと笑う。

衣装の材料を買うだけで、大金が飛んでいくことは身に染みて分かった。

一着であれだけの金が飛ぶなら、漫画やライトノベルを購入するだけの余裕は、確実になくなる。

「ていうか、衣装は最初から手作りなのか？」

「うん。おばあちゃんがお裁縫《さいほう》得意だから、横で見てもらいながら作ったよ。最初は全然できなくてぐちゃぐちゃだったけど、それでもパッと見はマシだったかな」

「……なあ、桃木。そのときの写真とか残ってないか？」

「え⁉　は、恥ずかしいんだけど」

「SNSに載せたりしてないのか？」

「いや……載せてるけどさ、クラスメイトに見せるってなると、全然別物っていうか……」

もじもじしながらも、桃木はスマホの画面を俺たちに見せてくれた。

その画面には、様々な作品のキャラになりきった桃木が写っていた。

俺たちは驚いた。よく見なければ、どのキャラも桃木とは分からない。

すべてクオリティが高く、どれも本物のキャラクターのようだ。

「すごー……再現度高すぎでしょ」

「アニメから出てきたみたいなクオリティだな……」

俺たちが褒めちぎると、桃木は照れた様子で頰《ほお》を搔《か》いた。

「ま、まあ？　それほどでもあるかな？」

桃木は雪河よりも身長が低く、スレンダーな体型だ。

写真に写っている彼女は、自身のスタイルに近いキャラばかりに扮している。

どこまで本物のキャラに近づけるか――――桃木のコスプレからは、そんな挑戦のようなものを感じる。

そういった部分に、俺は心の底から感心した。

「あたしの趣味はこんな感じ……で、月乃もコスプレやろうと思ってんだっけ？」

「うん、ずっとやってみたくてさ。永井に協力してもらって、これから材料を買おうと思ってたんだけど……」

「なんのキャラやるの？」

「『マリハレ』のメリー」

「あー！　銀髪だし、スタイル的にも似合いそう！」

目の色を変えた桃木が、興奮した様子でそう言った。

「いいなぁ、月乃って胸もお尻《しり》も大きいから、多分盛る必要ないよね。背も高いし、厚底履《は》く必要もなさそう……いいないいいな、コスプレさせ甲斐があるね！」

「は、ハル？」

「あ、ごめんごめん。コスプレのことになるとついテンション上がっちゃって……それで、もうサイズとかは測ってるの？」

「サイズ？」

「体のサイズだよ。材料買うってことは、もう何がどれだけ必要か把握してるんでしょ？」

「う、うん……まあ、ね？」

雪河が俺のほうを見る。

正直、頷きにくかった。

一般的なサイズを参考にして購入する布の長さを決めたが、雪河の体を元にしたわけではない。

布は十センチ単位で買うことになるし、大きなズレはないと思うが——。

「もしかして、まだサイズ測ってない？」

「……うん。ごめん」

「もう！　駄目だよ？　ちゃんと布も体のサイズに合わせて買わないと！　無駄が増えちゃうし、逆に足りなくなることだってあるんだから。自分の体に合わせて、プラス十センチから二十センチくらい余裕を持たせて買うの！　それなら少しミスしても取り返せるんだから！」

なるほど、と思った俺は、今の言葉をメモに残した。

「必要なものは書き出してる？」

「一応、永井と協力してやってみたけど……」

「見せてもらっていい？」

スマホのメモに残した今日買う予定だったものを、すべて桃木に見せる。

一通り目を通した桃木は、画面を見ながらひとつ頷いた。

「うん、材料はこんなもんじゃない？　裏地はあとでやるとして……二人とも、裁縫の経験は？」

俺と雪河は、同時に首を横に振る。

家庭科の授業で針に糸を通したことくらいはあるが、あれを経験というには頼りなさすぎる。

「それだと最初は難易度高いかもね……自由に使えるミシンはあるの？」

「いや、ミシンもない……最悪、被服室にあるやつを借りようと考えてたんだが……」

「月乃が学校でそんなことやってたら、すぐに目立っちゃうよ？　絶対プライベートのミシン

「があったほうがいいと思う」

桃木の言葉には、どれも説得力があった。

コスプレ衣装を作り上げるためには、かなりの作業時間が必要になる。いくらコソコソやったとしても、学校でやるとなれば、誰にも見つからないというのはやはり不可能だろう。

「まあミシンも高いやつは高いしねぇ……持ってなくて当たり前だけどさ」

「桃木、何かいい案はないか？　レンタルが一番いいと思ったんだが、結局いつまでレンタルする必要があるのか分からなくて、手が出せなかったんだ」

気づいたら、俺は自然と桃木に質問を投げかけていた。

コスプレに関して分からないことだらけだったのが、ここにきて最高の師匠が現れた。

申し訳ないが、こっちはすでに頼る気満々だ。

「うーん……じゃあ、あたしの使う？」

「「え？」」

「おばあちゃんのお下がりだけど、ちょうど二台もらったんだよね。片方貸してあげるよ」

「い、いいの？」

「もちろん！　だって、親友のためだもん」

そう言って、桃木は気持ちのいい笑顔を見せた。

「……その代わりと言っちゃなんだけどさ」

「……？」

「あたしも永井の部屋に行ってみたいんだけど、いいかな⁉」

桃木は、俺のほうへ身を乗り出してきた。

再び雪河と顔を見合わせる。

むしろ、そんなことでミシンを貸してもらえるなら、いくらでも来てほしい。

◇◆◇

――まさか、入学して早々二人も女子を招くことになるなんて……。


電車で家に向かう途中、俺は窓の外を眺めながら、そんなふうに思った。

高校もボッチになること間違いなしだった俺の生活は、今や一変している。

それを嬉《うれ》しく感じている自分が、少し恥ずかしい。

友達なんかいなくたって、こっちは全然構わないというスタンスだったのに。

「コスプレするなら、ニップレスとかヌーブラ使うことも考えないとね。ブラだと紐《ひも》が見えちゃうし」

「確かに。言われてみればそっか……」

雪河と桃木の会話は、男子には踏み込みづらい内容だった。

しかし、本人たちは至って真剣。

邪魔しないように、俺は無言を貫いた。

……決して気まずいわけじゃない。


「おー……！　ここが永井の城か！」

マンションまで来ると、桃木は目を輝かせながらそう言った。

なんとも新鮮な反応だ。

「……あんま期待しないでくれよ。別に普通の家なんだから」

部屋の鍵《かぎ》を開けて、二人を中に招き入れる。

そしてリビングに入ったところで、桃木が歓声を上げた。

「おー！　すごい！　本棚がいっぱい！」

リビングを見回しながら、桃木は一番近くにあった本棚へと近づいていく。

「うわ、全部ぎちぎちじゃん……よくこんなに集めたね」

「昔からコツコツな……まあ、好きに過ごしてくれ。あ、漫画もラノベも自由に読んでいいけど、中断するときは栞を使ってくれ」

「はーい！」

気のいい返事だ。

俺はインスタントコーヒーを淹れるため、キッチンへと向かう。

「桃木、コーヒー飲めるか？」

「コーヒー？　ミルクと砂糖多めなら飲めるよ！」

「了解」

キッチンでお湯が沸くのを待っていると、リビングのほうからオタク同士の会話が聞こえてきた。

「うわー！　『マリハレ』も全巻揃《そろ》ってる……！　読んだの結構前だなぁ」

「面白《おもしろ》いよね、『マリハレ』。ハルは誰が好き？」

「あたしはミコトかなぁ……体型的にも合いそうだし」

「それ、コスプレイヤー目線じゃん」

「一回ハマるとそういう目線になっちゃうの！　月乃だってすぐ分かるよ！」

「えー、そうかなぁ……」

心なしか、桃木のテンションも教室にいるときより高い気がする。

雪河が初めてこの部屋に来たときも、そういえばずいぶん楽しそうにしていたっけ。

「これは入り浸りたくもなるわ……居心地よすぎでしょ。楽園じゃん」

俺が戻ってきたのを見て、桃木はソファーに座る。

そして、改めて部屋の中を見回し始めた。

「てかさ、男子のひとり暮らしなのに、めっちゃ綺麗じゃない？　もしかして、月乃が通い妻みたいに掃除してたりして……」

「通い妻って……！」

雪河の顔が赤くなる。

そんな分かりやすく動揺されると、こっちも恥ずかしいのだが……。

「掃除は自分でやってるよ。汚部屋は本が劣化するからな」

「え……⁉　自分で⁉」

驚きのあまり、桃木は目を見開いた。

うちの両親は、生粋の仕事人間。それ以外のことは、苦手中の苦手だった。

だから実家にいるときから、家事は俺が担当していた。

この家が散らからないのも、そのときのノウハウが生きている。

「ふ、ふーん……すごいね……なんか負けた気分だわ」

「それな……」

何故《なぜ》か落ち込んでしまった二人を見て、俺は頬を掻く。

まあ、何事にも向き不向きはある。

俺はたまたま家事に対して苦手意識がなかっただけだ。

「月乃、この男絶対に逃がさないほうがいいよ。将来有望。間違いない」

「だ、だからなんの話⁉」

雪河のやつ、桃木と一緒だといじられ役に回ってるな……。

普段は俺がからかわれてばかりだから、なかなか見ることができない光景だ。

「……てかさ、衣装づくりもここでやればよくね？　あたしがミシン持ってくれば、作業できるっしょ？　広さも十分だし、誰にも見つからないし」

「……確かに」

そういえば、場所についてはまだ考えてなかったな。

桃木の言う通り、誰にも知られず作業する場所として、こんなに条件に合った場所はない。

灯台下暗しとはまさにこのこと。

「でしょ？　永井がいいなら、ここでやろうよ。あたしが入り浸る口実もできるし」

――――そっちが本音か。

「永井、それでもいい？」

雪河にそう訊かれた俺は、すぐに頷いた。

「別にいいぞ。俺も何か手伝えるかもしれないし」

俺がそう言うと、桃木がパチンと手を叩《たた》いた。

「じゃあ決まり！　早速明日からやろうよ！」

「待て待て。まだ結局材料も買えてないんだぞ……？」

「あ、そっか。ってことは、明日も買い出し？」

そう、俺たちは改めて買い出しに行かなければならない。

しかし、その前にまずやることがあるはずだ。

「雪河」

「ん、なに？」

「桃木にサイズを測ってもらったらどうだ？　衣装を作るなら、必要なんだろ？」

「あ、そうだった」

桃木曰く、体の正確なサイズは、衣装を作る上で最初に知っておく必要があるとのこと。

きっと、ひとりで正確に測るのは難しいだろう。

俺が手伝うわけにもいかないし、桃木がいるうちに測ったほうがいい気がする。

「ハル、体のサイズってどう調べんの？　やっぱりメジャー？」

「うん、これを使うの」

そう言いながら、桃木は鞄《かばん》からメジャーを取り出した。

「まさか、持ち歩いてるのか？」

「どこで必要になるか分からないからね。外でも測れるように、一応ね」

コスプレに対する桃木の熱意は、どこまでも本物なようだ。

桃木が持っているのは、周囲測定用のメジャーらしい。

「じゃ、早速測っちゃおっか」

「そう、だね。よろしく」

展開の早さに、雪河は少々面食らっている様子だった。

「じゃあ寝室のほうで測ってくるから、永井は待っててね。あ、絶対覗いちゃだめだから！」

「分かってるよ……」

「いや、そこは無理やりにでも覗くべきっしょ」

「何言ってんの？」

訳が分からないことばかり言う桃木を睨《にら》みつけると、彼女は笑いながら悲鳴を上げて、雪河の手を摑《つか》む。

「あはー！　永井が怒った！　月乃、逃げよう！」

「え？　あ、ちょっと……！」

桃木は寝室へ雪河を連れ込むと、そのまま扉を閉める。

ずいぶん楽しそうだな、あいつ。

雪河も桃木も、この空間を楽しいと思ってくれているようだ。

それについては、俺も同じ気持ちだった。

雪河と桃木が寝室に引っ込んでから、しばらく経《た》った。

待っている間ラノベを読んでいたが、寝室から聞こえてくる話し声が自然と耳に入ってきた。

『月乃、やっぱり胸でっか……なに食べたらこうなんの？』

『別に普通だよ……あ、ちょっと！　そんなガチで測らなくても――――』

『駄目だよ！　メリーやるなら胸元《むなもと》も大事なんだから！　えっと、九十……』

『……な、なんで黙んの？』

『いや、なんか……急に敗北感が……』

『……ま、仕方ないよ。ハルは』

『ちょっと！　どーゆう意味⁉』

――なんか、気まずいな。

健全な男子としては、どうしても気になってしまう。

もちろん、覗くつもりなどない。もともとそんな勇気はない。

こんなことで悶々とするなんて、バカバカしい。

俺はラノベに集中すべく、手元に視線を落とした。

『え⁉　お尻もでっか……』

『お尻はやめてよ！　気にしてんだから！』

『ふざけんなっ！　むしろ誇れ！　こっちは羨ましくて仕方ないっつーの！』

『ちょ、腰摑まないで！　最近ちょっと……その、お肉が……』

『どこがよ⁉　こんな綺麗なお腹《なか》してんのに！』

気にしてはいけない。

心頭滅却。純粋な気持ちで、読書に集中するのだ。

『なにこの理想体型……太ももだって、こんなに細いくせに触ったらムチムチだし……』

『ハル、あんたねぇ……。そろそろキレていい？』

『キレたいのはこっちだよ！　こんなのもう骨格から違うじゃん⁉　ずるいずるいずるい！』

『え、ええ……？』

駄目だ。全然集中できない。

俺はもうすべてを諦めて、瞑想を始めた。


「測り終わったよー」

瞑想しているうちに、寝室の扉が開いた。

俺に負けず劣らずといった様子で、二人ともどこか疲れているように見えた。

「ハルがちょっかいばっか出すから、時間かかっちゃったじゃん」

「月乃のわがままボディが悪い！　こんなの触りたくなるじゃん！」

「ダメ。もう触るの禁止」

「ケチ！」

裸の付き合いなのかなんなのか。

二人の距離感は、さっきよりも近くなったようだ。

「ねぇ聞いてよ永井！　月乃ってばマジでスタイルいいの！」

「まあ……そりゃ見れば分かりますけど」

「なんで敬語？　ウケる」

「ウケねぇよ、こっちは……」

二人の悩ましい会話のせいで、こっちはだいぶ神経をすり減らした。

自分の部屋にいるのに、さっきから全然落ち着けない。

「はぁ……ひとまず、明日は池袋に向かうってことでいいんだな？」

「そうだね。そうしよう」

これでようやく材料が買えそうだ。

一から衣装を作ることを決めて、すでに三週間くらいが経過した。

まだ俺たちはスタート地点にすら立っていない。

この先、俺に手伝えることがあるのかは分からない。

しかし、ここまで来たらどこまでも付き合うのみだ。

「あ、そうだ。永井、今日も泊まってっていい？　帰るのめんどい」

「ああ、分かった――――あ」

雪河の要望をノータイムで受け入れたところで、俺はハッとする。

「泊まっ……え？」

目を丸くした桃木の顔を見て、雪河も自分の失言に気づいたらしい。

俺たちが絡《から》むようになった経緯は話したが、俺と雪河がこの部屋でどう過ごしているのかは、あまり話していなかった。

もちろん、雪河がうちによく泊まっているなんて話もしていない。

俺も雪河も、なんとなくそこには後ろめたさを感じているのだ。

「えっと、あのさ、二人は付き合ってるわけじゃないんだよね？」

桃木にそう問われた俺は、首を縦に振る。

「ははっ、俺と雪河が付き合ってるわけないだろ？　オタ友だよ、オタ友」

「……」

「あれ、雪か――――ぐほっ」

脇腹《わきばら》を肘《ひじ》で突かれ、口から変な声が漏れる。

どうして怒られたんだ、俺。

「……はっは～ん。なるほどなるほど、そういうことねぇ～」

何故か納得したように頷いた桃木は、俺の肩を叩く。

「頑張りなよ、永井。いや、ながっち」

「ながっち……？」

「あたしだって、もうながっちのオタ友でしょ？　だから親しみを込めて、ながっち」

「……ああ、そう」

「ながっちも、あたしのことはハルって呼んでいいよ！　オタ友だからね！」

そう言いながら、桃木はサムズアップを突き付けてきた。

人をあだ名で呼んだことなんて、これまで一度もない。桃木はなんでもないことのように言ってのけるが、こっちにとっては相当なプレッシャーである。

「……ずるい。ハルばっか」

そんな声を漏らしたのは、雪河だった。ずいぶんと不機嫌そうな顔をしている。

不機嫌になったときは、頬が膨らむため、すぐに分かるのだ。

「私のことも月乃って呼んでよ。苗字《みょうじ》じゃなくってさ」

「け、けどそれは……」

「なに？　いやなわけ？」

「うっ……」

相変わらず、ズルい訊き方をする。

もちろん嫌というわけでなく、畏れ多いというだけだ。

しかし、こんなねだるような目で見られたら、断るほうが悪い気がしてくる。

「……分かったよ。月乃――――と、ハル」

「あたしはついで⁉」

大げさなリアクションの桃木を見て、思わず噴き出す。

それは俺なりの照れ隠しでもあった。

「……健太郎《けんたろう》、今度からずっと、私のこと名前で呼んでね」

「ああ、分かったよ……って」

「ちょっと私、トイレ行ってくる」

雪河改め、月乃は、俺に背を向けてリビングを出ていってしまった。

これまでの人生、女子に名前で呼ばれたことなんてあるはずもなく。

考えれば考えるほど、顔が熱くなる。

「ん～青春ですなぁ。マジうらやまー」

「はぁ……からかうなよ……」

「あれ、もしかしてながっち……童貞？」

「どっ……べ、別に関係ないだろ」

「関係ないけど、月乃って態度でかいやつ嫌いだから、多分、ながっちみたいな謙虚な童貞のほうが好きだよ」

——そうなのか……。

って、なんで安心してるんだ、俺。というか、否定するまでもなく童貞って決めつけられてるし。事実だけど。

「ま、あたしも付き合った経験なんてないし、分かんないけどねー」

「え、そうなのか？」

「意外っしょ？　こう見えて〝こうは〟なんだよね、あたしって」

硬派、か。最近覚えた言葉なんだろうな。

「さて、そろそろ帰ろっかな。ながっち、あんまり月乃とえっちなことしちゃダメだよ？」

「してねぇし、これからもしねぇよ」

「ふーん？　いつまで我慢できるか見物だね」

桃木は鞄を持って、玄関へ向かう。

俺はため息をつきながら、それを見送るために後を追った。

「じゃあ、また明日ね。あ、絶対他の予定とか入れないでよ⁉　こう見えてあたし、リアルのオタ友初めてで、めっちゃテンション上がってんだから！　約束ブッチされたらキレるからね」

「わ、分かったよ……」

「よろしい。あ、月乃ー？　あたし帰るから！」

桃木がそう叫ぶと、お手洗いから月乃が顔を出す。

「……さっさと帰って」

「はいはい、邪魔ものは帰りますよーっと」

「ハルっ！」

「あ、月乃が怒った！」

キャッキャと騒ぎながら、桃木が部屋を出ていく。

静けさだけが残った我が家で、俺は月乃と顔を見合わせる。

この先、どうなるんだろうな……俺たち。

第八話
新たな仲間

「ごめん、今日はハルと行かなきゃいけないところがあるから」

一軍メンバーに向けて、月乃《つきの》がそう告げる。

その声が聞こえてきた途端、俺《おれ》は頭を抱えそうになった。

「桃木《ももき》と……？　え、二人だけで？」

山中が問いかける。

まるで茶化しているような声色だったが、動揺が隠しきれていない。

教室内に、妙な雰囲気が広がる。

一軍という、クラスの中でもっとも存在感を放つ集団が、どういうわけだか瓦解しそうになっている。

もちろん、月乃にそんなつもりはないのだが……。

――これはちょっと……まずそうだな。

これまでは疑惑だった二人のメンバー離れが、ここに来て確信に変わったような気がした。

周りの目がある手前、一軍メンバーたちは動揺しないよう取り繕っているようだが、明らかに不安や焦《あせ》りを抱えている様子だった。

「うん。だから今日も付き合えない」

「……おい、雪河《ゆきかわ》」

そこで、初めて鬼島《きじま》が口を開く。

彼の声色は、他のメンバーと比べてひどく冷静だ。

一軍の中で、唯一月乃とハルに匹敵《ひってき》する発言力を持っているのが、鬼島だった。

彼の言葉次第で、この状況は大きく変わるだろう。

「お前ってさ、英語ペラペラなんだっけ」

「……ごめん、なんの話？」

思わずずっこけそうになる。

まるで今会話に加わったかのような、まったく脈絡のない発言だった。

「いや、後で訊こうと思ってたんだけど、帰っちまうなら今訊いとかないとなーって」

「よ、よく分からないけど……一応、英語は喋《しゃべ》れるよ」

「ふーん……やっぱ帰国子女は英語喋れるのか」

あまりにもマイペースな言動のせいで、教室は気まずい空気から、さらに混沌とした空気へと移行した。

本当に何がしたかったんだ、こいつ。

「……ま、まあ！　今日はたまたま月乃と約束してただけだから、みんなは気にしないで！

また時間作るからさ！」
妙な空気を利用して、ハルが場を収めようとする。
引き続き納得できない様子だが、弱い立場にいる彼らは、何も言い返せない。
ここで強気に出れば、間違いなく一軍の座を失う。
とはいえ、このままでは一軍という存在そのものが消えかねない。
彼らの焦りが、手に取るように伝わってくる。
一体、いつまでこんなやり取りを繰り返すのだろう。
正直、彼らはもう羨《うらや》まれるような立場じゃない。
一軍の崩壊を予感して、距離を取っている者ばかりだ。
「……月乃、ちょっと化粧直したいから付き合って」
「え？　あ、分かった」
昼休みも、そろそろ終わる。
そんなギリギリの時間に、二人は教室を出ていった。
化粧直しというのは、まあ、おそらくこの場を離れるための口実だろう。
「チッ……なんなんだよ」
二人がいなくなった教室に、誰《だれ》かの舌打ちと悪態が響いた。
誰の声だったのか。あまりにも小さい声量だったため、それは分からない。

俺はすぐにイヤホンを耳にはめる。
誰かの悪態が、まるで俺に向けられているような気がしたから。

◇◆◇

放課後、俺はひとりで池袋へ向かっていた。
三人で移動しているところを見られたら、かなり面倒なことになる。
少なくとも、今日くらいは気を付けるべきだ。
――なんか、久しぶりな気がするな。
こうしてひとりでいることに、違和感を覚えた。
ここ最近、ずっと近くに月乃がいた。
それが当たり前になっていることに、驚きを隠せない。
「――おい、永井《ながい》」
「え？」
電車に乗った途端に声をかけられ、顔を上げる。
するとそこには、あの鬼島の姿があった。
つり革を摑《つか》んだ鬼島は、それに体重を預けながら俺を見る。

「お前に訊きたいことがあって、追いかけてきたんだ」

「お、追いかけてきた……？」

鬼島から獰猛な視線を向けられ、まるで肉食の獣と対面してしまったかのように、体が萎縮《いしゅく》する。はたから見れば絡《から》まれているようにしか見えないだろう。

現に周囲の人たちは、俺たちの様子を気にしている。

——わざわざ追いかけてまで訊きたいこと……？

なんなんだ、こいつ。

冷や汗が滲《にじ》む。

もしや、月乃たちとの関係に気づかれた？

それで俺をシメに来たとか……いや、まさか今どきそんな真似をするやつはいないだろう。

というか、頼む、いないでくれ。

そう願いながら、俺は話の先を促した。

「訊きたいことって……何だ？」

「ああ。あのさ、お前、雪河と付き合ってんのか？」

「……へ？」

「仲いいんだろ？　他のやつが話してたぜ」

突拍子《とっぴょうし》もない質問に、俺は首を傾げてしまう。

付き合ってるかどうか、そんなの言うまでもない。

その前に、俺と月乃について話していたやつとは、一体誰のことだろう。

「山中とか、渡辺がさ、お前と雪河が一緒に歩いてるところを見たって話してて」

「……」

「なんか誰も信じてなかったけど、気になっちまったからさ」

ひとまず、バレているというわけではなさそうだ。

俺の影が薄いおかげだろうか？　何はともあれ、助かった。

――どうする……誤魔化《ごまか》すか？

今なら、まだどうとでも言い訳できる。

いや、むしろ言いくるめるなら今しかない。

「……まさか。俺とつき――――雪河が仲いいと思うか？」

「別にありえない話じゃなくね？」

「そうだよな、ありえなくな……え？」

「クラスメイトなんだし、仲良くなる機会なんて山ほどあんだろ」

サラッと言ってのける鬼島に、俺は違和感を覚える。

「なあ、鬼島。仮に俺が雪河と付き合ってたら、どう思う？」

「リア充でいいなぁ、って思う」

「……？」

「ん？　なんか変なこと言ったか？」

もう少し質問を続けてみよう。

「じゃあさ、どうしてわざわざ噂が本当かどうか訊きに来たんだ？」

「付き合ってんなら、取材させてもらおうと思って」

「……取材？」

「今さ、カップルについて調べてんだ」

――調べてる？

まさかそんな言葉が飛び出してくるとは思っておらず、耳を疑わざるを得なかった。

カップルについて調べてる？　一体なんのために？

「じょ、冗談だろ、それ。俺をからかってるのか？」

「んなわけねぇだろ。オレさ、漫画家になりたいんだよ。少年漫画を描きたいんだ。でさ、少年漫画を描くためには、やっぱラブコメは必要だろ？　だから勉強しねぇと――」

「とんでもない情報をまるで既出みたいな感じで語るな！」

パニックになった俺は、思わず鬼島に向かってツッコんでいた。

大して仲良くもないやつから舐《な》めた口を利《き》かれたのに、鬼島は目を丸くして、きょとんとしていた。

「……だからオレ、漫画家になりたいんだって」

「意味が分かってないわけじゃないんだよ！　急すぎるし！　なんで俺にそんな話してんだ⁉

他のやつらは知ってるのか⁉」

「いや、話したのは初めてだ。話さないと取材に協力してもらえねぇだろ？」

「重いって！　その話を最初にするのが俺ってどういうことだよ⁉」

思いがけず大きな声が出てしまい、俺は口を閉じる。

ここは公共の場。声量には気を使わなければならない。

「……漫画家になりたいのか」

「ああ」

「もしかして、本気？」

「当たり前だ」

「ボクシングは？　本気でやってたんじゃないのか？」

「ボクシングは、ストレス発散でやってるだけだ。知ってるか？　叩《たた》くと気持ちいいんだぜ、
サンドバッグ」

そう言いながら、鬼島はジャブを打つふりをする。

ただのふりなのに、風切り音がするのは何故《なぜ》だろう？

「……漫画、好きなのか？」

「そりゃもちろん。オレの読書量舐めんなよ」

「……『マリハレ』は？」

「周回するたびに号泣」

「ああ……」

こいつは本物だ。本物のオタクだ。

なんだ、このめぐり合わせは。

どうして一軍メンバーの中心人物が、全員オタクなんだ。

ありえない。都合がよすぎる。

「なあ、頼むよ。女と付き合ったことなんかねぇし、取材させてくれ」

「だから、取材なんて言われても……」

そこで口を閉じ、俺はよく考える。

ここまで来たら、俺たちのことを詳しく話したほうがいいんじゃないか？

鬼島のことはまだよく知らないが、何をしでかすか分からないやつってことは理解した。

外で余計なことを話されるより、仲間に引き入れて、口止めしたほうがいい気がする。

「……分かった、じゃあ、俺たちの関係について話すよ」

「マジ？　ありがとな、永井」

俺はあのカラオケの日まで遡《さかのぼ》り、月乃との関係について話した。

オタク趣味で気が合ったこと、二人でよく遊ぶようになったこと。

そして最近、そこにハルが加わったこと。

「ほう、ほうほうほう……面白《おもしろ》いな！　インスピレーションが湧《わ》いてきた。思ってたのと違うけど、これはこれで……」

そんなふうに言いながら、鬼島は鞄《かばん》からスケッチブックを取り出した。

そして、せわしなくシャーペンを動かし始める。

突然の奇行にも驚いたが、揺れる電車の中で、鬼島の体がまったくブレないことにも驚いた。

両手を使っているから、つり革にも摑まれない。

それでも鬼島は、まるで普通の地面と同じように、真っ直《ま》ぐ《す》立っていた。

体幹が強い……というやつだろうか。ボクシングで期待を寄せている人たちは、鬼島が漫画家になろうとしていることを知ったら、果たしてどんな反応をするのか……。

「よし……永井、ちょっと読んでみてくれ」

「あ、ああ……」

急にスケッチブックを渡された俺は、言われるがままに目を通した。

――うっま。

スケッチブックには、いわゆるネームが描かれていた。

ただ……ネームとは、下描きのことではなかったか？

鬼島のスケッチブックには、すでに完成度の高い絵が描かれている。

俺が今まで読んできた作品の中には、これよりも粗い絵なんて山ほどあった。

「すごいな、いつから描いてるんだ……？」

「小学生の頃からだな。学校とジムが終わったら、寝るまで描いてる」

「マジかよ……」

そりゃ上手《うま》くなるわ。

まさか、あの鬼島がこっち側だったなんて……。

――いや、こっち側ってのは失礼か。

俺と一緒にしちゃいけない。

ハルも、鬼島も、何かに夢中になって、真っ直ぐ道を進んでいる。

月乃だって、これからそういう人間になろうとしているんだ。

このままでは、俺は間違いなく置いていかれる。

「……どうした？　永井」

「あ、いや……なんでもない」

危ない、ボーっとしていた。

慌てて取り繕った俺は、改めてスケッチブックに視線を落とす。

「絵は上手いけど……ちょっと話に合ってなくないか？」

そこにあったネームは、導入一ページのみ。

主人公である高校生の少年が、クラスメイトのギャルに勉強を教えることになるという、オーソドックスな始まり。

悪くないと思うのだが、いかんせん絵柄がラブコメっぽくない。

重厚なファンタジーや、激しいバトル漫画向きに見える。

「ふっ、そう言われることは分かってた。実は、この先バトル展開があってな」

「バトル展開？」

「このギャルは、本当は魔法少女なんだ。魔法少女と、地の底から現れた悪魔たちの抗争……それに巻き込まれる主人公！　それこそがこの作品のストーリー！」

「取材がまったく意味をなしてねぇじゃねぇか……！」

せっかくの月乃とのエピソードが、まったく生かされていない。

これでは話した意味がない。

「完成したら、出版社に持ち込む予定だ。今のうちにサイン書いてやろうか？」

「……一応もらっておこうか」

話はともかく、絵が上手いのは事実だ。

原作がつけば、すぐにでもデビューしてしまうかもしれない。

「ほら、大事にしろよ」

鬼島はスケッチブックの切れ端にサインを書くと、俺に押し付けてきた。

――本名だ……。

まさか、このままデビューするつもりだろうか？

だとしたら全力で止めたい。

「永井はこのあとどうすんだ？」

「ん？　あ、ああ……月乃とハルと池袋で合流する予定だったけど……」

「なあ、それオレも行っちゃ駄目か？」

「え？」

「あいつらにも取材してぇんだよ。オタクなら協力してくれるかもしれねぇだろ？」

こいつの目、あまりにも純粋すぎやしないか。

まさに漫画バカ。それ以外の言葉が見つからない。

「……別に俺は構わないけど、二人に確認してからでいいか？」

「もちろん」

俺は新しく作ったグループチャットで、鬼島の件を伝えた。

二人とも混乱している様子だったが、とりあえずオーケーという旨が返ってくる。

そりゃ混乱するよな。俺だって、まだまったく現実味がない。

「……とりあえずオーケーだって。じゃあ、このままついてくるか？」

「ああ、恩に着るぜ」

「漫画みてぇなセリフ……」

鬼島の目は、キラキラと輝いていた。教室で雄ライオン的な扱いを受けている彼とは、まるで違う。

――まあ、今のほうが好感持てるけどな……。

電車に揺られながら、俺は苦笑いを浮かべた。


「こっちはアニマイトか」

駅を出て待ち合わせ場所に向かっていると、鬼島がそんなふうにつぶやいた。

この方向に歩き出して真っ先にアニマイトが出てくるあたり、こいつもガチのオタクなのだと改めて確信した。

「まあ目的はアニマイトじゃないけどな。手芸ショップで布を買うんだよ」

「布？　なんに使うんだよ、布なんて」

「すぐに分かるよ」

待ち合わせ場所にたどり着くと、月乃とハルの姿が見えた。

スマホをいじっていた二人に手を振ると、顔を上げた二人が俺たちに気づく。

「わ、マジで鬼島いんじゃん。やっほー」

「おう、お前らもオタクだったんだな」

「それ、ふつー出会ってすぐ言う？」

鬼島の言動で、ハルがケラケラと笑う。

ここでひとつ誤算があった。

こいつらが揃《そろ》うと、俺の肩身が途端に狭くなる。何故なら、こいつら全員ビジュアルが整いすぎているからだ。

絶世の美女と言っていい月乃。

可愛《かわい》らしく、誰とでも仲良くなれるハル。

そして、男らしい体と、端正な顔立ちをした鬼島。

学校中で名前が知られている三人と、極限まで妥協して、普通と言えなくもない外見の俺。

一緒にいて不釣り合いであることは、この俺が一番よく理解していた。

「……健太郎《けんたろう》、行こ？」

「え？」

気づくと、月乃に手を引っ張られていた。

ハルと鬼島が、不思議そうな目で俺を見ている。

考えすぎで、ボーっとしていたらしい。いつもの悪い癖《くせ》だ。

「あ、ああ……分かった」

「？　変な健太郎」

月乃が笑う。

何故、月乃はこんな俺と一緒にいてくれるのだろう。

それを訊けるだけの勇気は、いつか湧くのだろうか。

考えても仕方がないことばかりが、頭の中を渦巻いていた。


「へぇー！　コスプレかぁ！」

手芸ショップに来た理由を話すと、鬼島は感心の声を上げた。

「こ、声がでかい……！」

「あ、悪《わり》ぃ。秘密にしてんだっけ？」

「……まあね」

月乃がジト目で鬼島を睨《にら》む。

こんだけでかい声で、しかも手芸ショップの中で言われたら、睨みたくなる気持ちはよく分かる。

「コスプレイヤーの先輩であるあたしが、月乃とながっちに指導してんの」

「ん？　永井、お前もコスプレすんのか？」

その問いに対し、俺は首を横に振る。

「いや、俺は手伝い的な感じだから……」

「ふーん？」

言われてみれば、俺の立場とはなんだろう。

――スポンサー？

うーん、なんか違うな。

「あ、この素材だったよね」

そうしているうちに、どうやらハルが目当ての材料を見つけたようだ。

ハルの言葉に頷《うなず》いた月乃は、必要な材料に手を伸ばす。

しかし、その途中でぴたりと手を止めた。

「……これさ、買うサイズが分かったら、二人に体のサイズもバレない？」

月乃は恥ずかしそうにしながら、俺のほうを見る。

いや、どうだろうか？

さすがに布のサイズで人の体型まで分かる人間はいないと思うけど……。

「まあ、あたしなら分かるね」

余計なことを言うな、ハル。

話がややこしくなる。

「やっぱそうだよね……ごめん。布はハルと買ってくるから、健太郎たちは外で待ってて」

「わ、分かった……」

急に来た理由がなくなった。

いや、まだ荷物持ちくらいの役割は残ってるか。

「……外で待とうか、鬼島」

「おう。よく分からねぇけど」

――アホだなぁ、意外と。

ずっと何を考えているか分からないやつと思っていたが、もしかすると、そもそも何も考えていないのかもしれない。なんというか、残念イケメンのオーラを感じた。

俺は適当なベンチに座って、月乃の買いものが終わるのを待つことにした。人目がないのをいいことに、鬼島は何故かシャドーボクシングをしている。

「なあ、永井」

「ん?」

突然話しかけられ、俺は顔を上げる。

「お前、雪河のこと好きなのか?」

「……はぁ⁉」

思わずベンチから立ち上がってしまった。

質問の意図を聞き出すべく、俺は鬼島へと詰め寄る。

「急になんの話だよ……！」

「気になったことはその場で訊かないと気が済まねぇんだよ。漫画の参考になるかもしれねぇしさ」

典型的なクリエイター脳だな。なんでもかんでも創作のネタにしたがる。

「で、好きなのか？」

「……答える義理はない」

「あ、オレの生涯の推しヒロインを教えてやろうか？　情報交換ならいいだろ？」

「いいわけないだろ⁉　リアルと二次元じゃ全然違うじゃねぇか！」

「舐めんな。オレはいつか、二次元の美少女と結婚するって決めてんだよ」

「その熱意だけは買ってやるよ……！」

こいつと話していると、ツッコミが忙しすぎて息切れを起こしそうになる。

本当に、人のペースを乱すのが上手いやつだな。

ちなみにまったく褒めてないぞ。

「はぁ……正直さ、分かんないんだよ」

「……?」

俺はベンチに座り直す。

月乃を恋愛対象として見ていないと言えば、それは嘘《うそ》になる。

月乃と一緒にいる時間は、とても楽しい。

俺にはもったいないと感じるくらい、最高の時間だ。

だからこそ、これ以上を求めるのは、ひどく贅沢《ぜいたく》なことだと思ってしまう。

今こうしていられるだけでも、俺は十分幸せだ。

「もともと、人付き合いが苦手でさ。これ以上の距離の詰め方とか、まったく分からないんだ。何かを間違えて、今の関係が崩れるくらいなら……このままが一番いい。無駄にしたくないんだよ。一緒に過ごした時間も、思い出も」

後悔するということは、その行動は無駄だったということだ。俺と一緒に過ごしたことを、月乃に後悔してほしくない。

そして俺も、無駄だったなんて思いたくないんだ。

「ふーん、面白い考え方だな」

「お……面白い?」

俺の葛藤を知ってか知らずか、鬼島はそう言い放った。

「知ってるか、永井。人生っていうのは、意外と長いんだぞ」

「……」

「お、やっぱり知らなかったか」

「いや、知ってたよ。これは『それがどうした』っていう目だ」

ジト目を鬼島に向ける。

しかし、鬼島はそんな視線を意に介さず、言葉を続けた。

「人生において、一番必要なことはなんだ？」

「……金とか？」

「いや、違う。正解は……〝暇つぶし〟だ」

「……は？」

あまりにも予想外すぎる答えに、俺は面食らう。

「人生において一番必要なものは、暇をつぶせる何かだ。仕事、趣味、恋愛、友情！　どれも素晴らしいもんだ。だが、そういうのって心臓を動かすために必要か？」

「……必要、じゃないな」

もちろん、間接的には必要だ。

〝仕事〟がなければ、飯が食えない。

〝趣味〟がなければ、ストレスが溜《た》まる。

〝恋愛〟がなければ、支え合えない。

〝友情〟がなければ、人を頼れない。

「だから思うんだ。オレたちの人生に必要なのは、暇をつぶせるくらい、何かに夢中になることだって。死ぬまで退屈を味わうくらいなら、はたから見れば無駄なことでも、オレは何かに夢中になっていたい。オレにとってそれは、まったく無駄なことじゃねぇんだから」

「……」

「雪河のことが好きなら、無駄なんて考えずに突っ込めばいいじゃんか。っていうか、突っ込め。結果はどうあれ、オレの漫画のネタにはなるんだ。無駄にはならねぇぞ」

「ははっ……お前の得になってどうすんだよ……」

「いいじゃねぇか。付き合えよ、オレの暇つぶしに」

そう言って、鬼島がニヤッと笑う。気持ちがいいくらい身勝手なやつだ。

だが、おかげで少しだけ、気持ちが楽になった気がする。答えを出すのは、まだ先になるだろう。だけど、やりもしないで無駄だと諦《あきら》めるのは、もうやめた。

その押し付けこそが、人生にとっては無駄なんだ。

「……てか、そういう鬼島はどうなんだよ」

自分の中で話が完結したところで、俺は鬼島へ問いかける。

人に訊いてきたのだ。自分も訊かれる覚悟はあるのだろう。

「好きな女はいるぜ？　二次元だけど」

「泣くだろうな……お前のファンが聞いたら」

一年男子の中で、鬼島以上にモテる男を、俺は知らない。噂によると、他校にまでその存在が知れ渡っているらしい。数多の女子が、こいつの彼女の座を狙《ねら》っていることは明白だ。

しかし、彼女たちは夢にも思わないのだろう。

まさかあの鬼島浩一《こういち》が、生粋のオタクだなんて……。

「じゃあ、ハルとかどうなんだよ。お前と結構仲いいだろ？」

「桃木？　ありえねー。仮にオレが現実で付き合うとしたら、黒髪パッツンつるぺた低身長清楚《せいそ》系和風女子以外は論外だ。少なくともギャルは絶対にねぇよ」

「……ちゃんと気持ち悪くて安心したよ」

「んだと⁉」

今どき、こんな典型的なオタク男子がいるとは思わなかった。

まあ、それはこちらも同じこと。

俺と鬼島は、彼女たちが戻ってくるまで、オタク談義に花を咲かせることにした。

「あ、二人とも！」

しばらくすると、店のほうからハルが歩いてきた。

「あれ、終わったのか？」

「終わったんだけど、ちょっと来てくれない？　布が意外と重たくて、二人じゃ運べなくって」

「分かった」

俺たちはハルに連れられ、店へと戻る。

すると、そこにはレジ横で途方に暮れている月乃がいた。

「はぁ〜、マジ助かるー……これがどうしても運べなくてさぁ」

月乃は、ロール状になった布を指差す。

おもむろに持ち上げてみると、確かにかなりの重量を感じた。

一見大した重さには見えないが、生地がしっかりしている分、重くなってしまっているようだ。持ち運べないほどではないが、家までとなると、少し厳しいかもしれない。

「悪い……鬼島、持てるか？」

「ん？　ああ、任せろ」

俺の代わりに、鬼島がロールを担《かつ》ぐ。

ずいぶん軽々と持ち上げたもんだ。俺とは安定感が違う。

「割と重いな……まあ、このくらいなら大丈夫だ」

「さすが！　ゴリラは違うね！」

「だろ？」

「……このタイプの煽りが効かないの初めてかも」

ハルが絶望している。

こいつの場合、ゴリラのことを褒め言葉と受け取っている可能性が高い。ある意味、最強の煽り耐性だ。

まあ、そんなことはいいとして――。

俺は鬼島が持ち切れない分の布を、率先して抱えにいった。少なくとも、女子に重いものを持たせないくらいの常識は持ち合わせている。

「じゃあ、ながっちの家に帰ろっか！」

ハルの号令のもと、俺たちは手芸ショップをあとにした。


マンションにたどり着くと、鬼島が突然はしゃぎだした。

「ここにひとり暮らし⁉　マジかよ！　羨ましいなぁ！」

「どーも……」

三人を部屋の中に招き入れ、リビングへと案内する。

そして立ち並ぶ本棚を見て、またもや鬼島が歓声を上げた。

「なんだここ！　テーマパークか⁉」

「分かる！　めっちゃテンション上がるよね！」

鬼島とハルの会話を聞いて、俺は頬《ほお》を掻《か》いた。

人に見せたくて作り上げたわけじゃないが、この部屋が褒められると、やはり自分のことのように嬉《うれ》しい。

「ごほんっ……布は床に置いて大丈夫か？」

「うん、大丈夫。運んでくれてありがとね」

月乃に許可をもらい、運び入れた布を床に置く。

こうして見ると、かなりの量だな。

「メリーの衣装って、めーっちゃ布使うんだよねぇ……。これでも結構抑えたほうだと思うんだけど」

——これで抑えられているのか……。

もし抑えなかったら、果たしてどうなっていたのだろう。多分、足の踏み場もなくなっていたんだろうな。

「オーダーメイドの布は、大体二週間くらいかかるかな……その間にできることからやっちゃわないとね」

「例えば？」

「なにはともあれ土台だね。型紙から作っちゃお」

「……なるほどね」

ハルから説明を受けた月乃が、ふむふむと頷く。その顔には、どことなく不安の色があった。

いくら土台と言えど、服は服。初挑戦の月乃が、難しく思うのも無理はない。

「……大丈夫！　このあたしがついてるんだから！　それに力仕事担当が二人もいるしね！」

そう言いながら、ハルが俺たちを見る。

「結構重たい衣装になるから、二人の力もめっちゃ借りるよ！　報酬は、月乃のコスプレ姿を最初に見られる権利！」

「ちょっ……ハル⁉」

それは――――魅力的だな。

「もうっ……てか、オーダーメイドの布ってどこにお願いすればいいの？　二週間待つなら、早めにお願いしちゃったほうがいいよね？」

「あたしがよく頼む業者教えてあげるよ。デザインサンプルが載ってる公式サイトがあるんだよね―」

俺たちは、ハルが教えてくれたサイトを漁《あさ》ることにした。

デザインの依頼をするためには、必要な生地と、その大きさを指定しなければならない。まずはサイトに並んでいる数多の生地から、お目当てのものを見繕う必要がある。

俺と鬼島に関しては、正直戦力外だ。素材の知識なんて持っていないし、ぶっちゃけどれも同じに見える。実際に手で触れるならともかく、サイトを眺めているだけでは、絞り込むことすらできない。

ハルがいて本当によかった。月乃と二人のままだったら、多分ここでまた躓いていた。

「――――あっ！　これこれ！」

スマホを見ながら、ハルが声を上げる。

どうやらお目当てが見つかったらしい。

「……たっか」

ハルのスマホを覗《のぞ》き込んだ月乃が、そうつぶやいた。

見せてもらうと、確かに高い。これでは十中八九《じっちゅうはっく》、予算オーバーだ。

「……なあ、ひとつ気になってたんだけどさ」

俺たちが悩み始めたところで、唐突に鬼島が口を開いた。

「デザインをオーダーメイドするって、手作り感薄れねぇかな。せっかくここまで予算抑えたんだし、これも自分たちでやってみりゃいいんじゃねぇの？」

「「「……」」」

鬼島の鋭い意見に、俺たちは言葉を失う。

確かに、そもそもデザインの入った布を発注しようとしている時点で、何かがおかしかったのかもしれない。模様や刺《し》しゅうは、やり方次第で再現できるんじゃないか？

「……このデザイン、私でもできるかな」

月乃も同じように考えていたようだ。

メリーのスカートの裏地には、まるで夜空のようなグラデーションと、星屑のようなラメが散りばめられていた。

「ぶっちゃけ、完全再現は難しいと思う。でも、やってみる価値はあるよ」

「ハルだったら、どうやって再現する？」

「うーん……絵の具とか、カラースプレーとか……まずは黒っぽい布を用意して、そこに色を重ねたり、ラメをつけたりしてみるかな」

聞いている限りでは、かなり難易度が高そうだ。

しかし、月乃の目はやる気に満ち溢《あふ》れている。今更引き下がる気はないようだ。

「難しいかもだけど、やってみる。失敗しても、最初の衣装くらいは全部自分でやったって、胸張って言いたいし」

月乃が俺を見る。

それに対し、俺はひとつ頷いた。

「っ……！　あたしも手伝うからね！　月乃！　これまでやってきたこと全部教えるから！」

「オレも協力するぜ。色の置き方なら役に立てるはずだ」

順番に俺たちの顔を見た月乃は、決意の表情を浮かべた。

「みんな、ありがとう」

……全員が前向きになったのはいいが、ちょっと小っ恥ずかしいな。

そうして一瞬我に返ると、俺は気づきたくなかったことに気づいてしまった。

「……そういえば、もうすぐ中間テストだよな」

「「「――――あ」」」

五月も、ボチボチ終わりが近づいてきた。

それはつまり、最初の審判のときが、すぐそこまで迫ってきている証拠であった。

「……こりゃ、しばらく制作は延期かな」

ハルが肩を落とす。

最初のテストからしくじるわけにはいかない。

俺たちは、渋々コスプレ制作を延期することにした。


「ふぅ……」

三人が帰ったあと、シャワーを浴びた俺は、部屋に置かれた衣装の素材に目を向けた。

はっきり言って、ここから衣装が出来上がるイメージがまったく浮かばない。

おもむろにノートパソコンをつけた俺は、メリー、コスプレで検索をかける。

コスプレイヤーたちの画像が、画面一杯に広がる。

どれもこれも、びっくりするほどのハイクオリティーだ。

――いや、これは……。

よく見ると、ショップにあった衣装を着ている人もいる。

それでも、俺の目にはちゃんとメリーに見えていた。

「……なんでだ？」

よく見たら、衣装の粗さが分かる。しかし、本当によく見なければ分からない。

「撮り方の問題なのか……？」

俺が首を傾げていると、突然インターホンが鳴った。

モニターには月乃の姿があり、俺は慌てて玄関を開けに行った。

「どうした？　忘れものか？」

「あ、いや……そういうわけじゃなくて……」

月乃は、どことなく緊張しているように見えた。

「とりあえず……入れてもらっていい？」

「あ、ああ、もちろん」

部屋の中に招き入れた途端、月乃は衣装の材料のもとへ近づいていった。

「……ごめん、なんか、気持ちが焦っちゃって。帰ったらさ、しばらくコスプレのこと考えられないじゃん？」

「ああ……確かにな」

材料は揃い、いつでも制作を始められるというところで、出鼻をくじかれた感覚だろう。

離れがたく思う気持ちも、分かる。

「今日、泊まっていくか？」

「……ううん。戻ってきたときは、お願いしようと思ってたんだけど」

申し訳なさそうに、月乃は眉尻《まゆじり》を下げた。

「テストが終わるまで、ちゃんと我慢する。テストの結果が悪かったら、コスプレ作りなんて楽しめないし」

「……そっか」

「押しかけてマジごめん。今日はちゃんと帰るから」

玄関に向かっていく月乃に、俺は何も声をかけなかった。

彼女の大事な決心を、俺の下手な気遣いが揺るがしてしまうことが怖かったのだ。

「健太郎」

「ん？」

振り返った月乃は、恥ずかしそうに顔を赤らめ、手を差し出してきた。

「我慢するって決めたけど……その、気持ちが揺らぐことってあるじゃん？」

「そりゃ、まあ……」

「だから、指切りさせて。あんたに誓ったら、我慢できる気がするから」

「……」

月乃は、控えめに小指を立てた。

俺はその指と彼女の顔を見比べる。

「……してくれないの？」

「その言い方はやめてくれ……」

やましい話をしている気分になるから。

「いや、なんか月乃ばっかり我慢しているような気がするっていうかさ……俺が何も背負ってない気がしてさ」

「……？　あくまで私の我儘《わがまま》なんだし、当然じゃない？」

月乃は首を傾げている。

確かに、コスプレがしたいというのは月乃の希望だ。俺がそうしたいわけじゃない。

ただ、一度協力すると決めた以上、それを「じゃあ頑張れ」と応援するだけで済ませたくないのだ。

「……じゃあさ、テストが終わるまで衣装制作を我慢するって約束が守れたら、私のお願い一個聞いてよ」

「お願い？」

「うん。えっと……ちょっと、すぐには思いつかないけど」

「……分かった。それで月乃が頑張れるなら、なんでも聞くよ」

「――――なんでも？」

その瞬間、月乃の目の色が変わった。

やらかした。本能的にそう思った。

しかし、一度吐いた言葉をのみ込むわけにはいかない。

「そう言ったら……やる気出るか？」

「もち。超やる気出る」

おちゃらけながら言った月乃は、ふんっと鼻を鳴らした。

「じゃ、指切りね」

「はいはい……」

月乃の小指に、自分の小指を絡める。

指切りなんて、小学生のとき以来だ。

月乃も少し子供っぽいと思ったのか、苦笑いを浮かべている。

「なんか、はずいね」

「この歳《とし》じゃ、中々やらないもんな」

「ははっ、だね」

月乃の指が離れていく。

少しだけ、名残惜しく思った。

「テストが終わったら、気が済むまで付き合ってもらうから」

「……ああ、分かってるよ」

「よしっ！　……じゃ、また学校で」

月乃は満足げに頷いて、俺の部屋をあとにした。

第九話　運命の勉強会

「今日からテスト週間に入る。浮かれてる場合じゃないぞ、お前ら。くれぐれも赤点なんて取るなよ?」

帰りのホームルームで、担任が俺《おれ》たちに言い聞かせる。

いよいよテスト一週間前。

初めての定期考査ということで、クラスメイトは浮足立っている。俺はというと、そこまで動揺しているわけではなかった。

オタ活に集中するため、普段からできる限り勉強している。苦手教科もないし、まあ、なんとかなるだろう。

「はー、テストだりぃなぁ!」

先生がいなくなった途端、山中がイライラした様子で叫ぶ。

それを皮切りに、いつも通り一軍メンバーたちが月乃《つきの》の席に集まってきた。

いつの間にか、こうして盗み聞きすることにも慣れてしまった。声量的に、教室のどこにいても聞こえるっちゃ聞こえるのだが。

「ほんとそれなー」

情けない声で、渡辺が同調する。

授業中の態度からして、一軍メンバーの学力は全員そこそこだ。

こういうやつらは、大抵「全然勉強してねー」と言いながら、しっかり平均点以上を取るイメージがある。本当に勉強していない連中からすれば、たまったもんじゃない。

「赤点取ったら補習なんだよなぁ……」

「ねぇ、うちらで勉強会しようよ」

「あーいいな、それ。どっかのファミレス使おうぜ」

会話の内容は、まさに青春ど真ん中。

地位が危ぶまれていたはずの一軍メンバーに、羨《うらや》む視線が集まり始める。

「今日は大丈夫だよな？　二人とも」

「あー……うん、行ける」

山中のどこか圧のある問いかけに対し、月乃が頷《うなず》く。

「あたしも今日はだいじょぶ。初テストで不安だし、みんなで一緒にやろうよ」

「よっしゃ！　そうこなくっちゃ！」

山中の嬉《うれ》しそうな叫びが響く。

これは勘ぐりすぎかもしれないが、わざと教室中に聞こえるように言ってないか？

そうだとしたら、ちょっと嫌な感じだ。

「じゃあ行こうぜ！　駅前のファミレスでいいよな？　ほら行くぞ、鬼島《きじま》も」

「ん？　ああ……」

鬼島も行くとなると、今日は久々にひとりで過ごすことになりそうだ。

さて、俺も負けないよう、きちんと勉強しよう。

このまま帰るのもなんだし、図書室にでも寄るか——。

「おい、永井《ながい》。お前も行こうぜ」

「……え？」

帰ろうとした瞬間、後ろから鬼島に声をかけられた。

振り返ってみれば、そこにはポカーンとした様子の山中と渡辺。そして周りには、同じ顔をしたクラスメイトたちがいた。

——そりゃこうなるだろ……。

俺だってそっち側にいたら、同じ反応をしていたと思う。こんなボッチに声がかかるなんて、本来はありえないのだから。

「……おい、鬼島。なんでそいつに声かけるんだよ」

「あ？　だってこいつ、結構勉強できるからさ、色々教えてもらおうと思ってよ」

「はぁ⁉　なんで知ってんだよ、そんなこと……」

「そりゃ、友達だからな」

「〝そりゃ〟って……」

　山中の反応はもっともだ。

　俺は、このクラスの最下層にいる人間だ。彼の視点からすれば、そんな俺と鬼島に接点があるほうがおかしい。

「っ！　ま、まあいいんじゃない？　あたしら五人だし、奇数より偶数のほうがさ！」

「まあ、そうかもしれねぇけど……」

　ハルがフォローしてくれたが、渡辺と山中はまだまだ不満げだ。

　しかし、鬼島とハルが乗り気な時点で、彼らの意見が通ることはない。渡辺は、最後の望みをかけて月乃を見る。

「別に、永井がいてもいいよ。さっさと行こ」

「え⁉　う、うん……月乃が言うなら」

　いつも通りのダウナーさで、月乃は話題をスルーする。

　望みを絶たれた二人は、渋々といった様子で、その背中についていった。

「おい、どういうつもりだ……⁉」

　俺は鬼島の肩を摑《つか》む。

　こんだけ騒がせておいて、何事もなかったかのような態度を取るな。

「どういうつもりって……お前も今日暇だろ？　一緒に勉強しようぜ。ついでに教えてくれよ。

勉強得意なんだろ？」

「確かに暇だけどさ……」

こっちの動揺なんてつゆ知らず。

鬼島は、心底不思議そうな目で俺を見ている。断るにもすでにタイミングを逃してしまった。

それに、今更よそよそしくしたところで、俺たちの関係は勘ぐられてしまっている……。

「……分かったよ。どうなっても責任取らねぇからな」

「やりぃ！」

こいつは果たして、ただのバカなのか、それともすべて計算なのか。

どちらにせよ、俺はこいつの強引《ごういん》さに逆らえない。

この先もきっと、こういうことが続くのだろう。


というわけで、俺を連れた一軍メンバーは、駅前のファミレスへと移動した。

それぞれが教科書やノートを広げ、黙々と勉強に集中している。

――どうしてこんなことに……。

俺はペンを動かしているふりをしながら、周りの顔を確認する。

とりあえず、今のところは嫌な雰囲気もない。これなら俺も、少しは勉強に集中できそうだ。

しかし、勉強に集中しようとした途端、刺すような視線を感じた。

——気のせいか……？

見られていたような気がしたが、誰《だれ》もこっちを見ている様子はない。

……今の視線が気のせいじゃないとしたら、おそらく山中と渡辺だろう。

二人には悪いことをした。本当は勉強を口実に、一軍メンバーで駄弁《だべ》りたかったのだろう。

しかし、そこに俺が来てしまったことで、いつも通りの会話ができなくなってしまった。そのせいで、勉強しかやることがなくなってしまったのだ。

責められている気がして、なんだか気まずい。そんな居心地の悪さを感じていると、隣に座っていた月乃が、俺の肩を叩《たた》く。

「ねぇ、健太郎《けんたろう》。ここってどうやんの？」

「あ、ああ……ここはこの公式を使って——」

そうやって数学の解き方を教えていると、山中がものすごい形相で睨《にら》んできた。

俺はそれに気づかないふりをする。

おそらく、月乃が俺を名前で呼んだことが、気に入らなかったんだろう。

彼女が名前で呼ぶのは、今のところハルと俺だけ。

自分は苗字《みょうじ》なのに、どうしてこいつが——。

そんな気持ちが見え見えだ。

「ふーん……めっちゃ分かりやすいね。ありがと」

「ああ……」

月乃が俺から離れると、今度はハルがこっちに近づいてきた。

「ながっち、ここ教えてくんね？」

「古典か……まずは活用形を覚えないとな」

「それって暗記？」

「めっちゃ暗記」

「うー……分かった」

俺が二人と馴れ馴れしくするたびに、山中と渡辺の視線が鋭くなる。もはや恨まれているレベルだ。

「やべ、教科書全部学校に置いてきちまった。永井、なんか貸してくれ」

「お前は何しに来たんだよ……」

仕方なく、俺は歴史の教科書を鬼島に渡す。テスト範囲を教えてやれば、鬼島は感謝しながら教科書を読み始めた。

……このやり取りがきっかけになったのだろう。

どこからか、小さな舌打ちのような音が聞こえてきた。

「……ちょっとトイレ行ってくる」

「あいよー行ってらっしゃい」

ペンを置き、一度席を離れる。

新鮮な空気を吸って、頭をリセットしよう。

そうでもしないと、この空間に耐えられそうにないから。

◇◆◇

「なあ――なんであんなやつ連れてきたんだよ」

健太郎がトイレに立った途端、山中が不機嫌そうな顔で問いかけた。

その言葉に、同じく不機嫌そうな渡辺が頷く。

「そうそう。あの……誰だっけ？　あいつがいるとなんかすごい話しにくいんだけど」

いまだに彼の名前すら覚えていない渡辺に、春流は苛立ちを覚える。

しかし、それを極力表に出さないようにしていた。

自分が感情的になれば、場の空気を取り持つ者がいなくなってしまうからだ。

「俺たちだけでよかったじゃん。あんな冴《さ》えないやつがいたら萎えるよな、普通に」

「いくらなんでも、あんなボッチを誘うのは意味分かんないよ。まだ里中とかのほうがよかったって」

　里中というのは、いわゆる二軍の人間だ。立ち位置的に言えば、もっとも一軍に近い存在ということになる。

「なに言ってんだ？　永井は友達だ。ボッチだから誘わねぇとか意味わからん」

「いつあんなやつと友達になったんだよ……俺なんも聞いてねぇぞ？」

「お前にいちいち話す意味――――もがっ」

　鬼島が喧嘩腰《けんかごし》になる前に、春流がそれを止める。

「まあまあ、確かに二人とは交流ないかもしれないけど、クラスメイトなんだし、仲良くするのは普通っしょ？　そもそも、あたしたちって勉強するためにここに集まったんだよ？　駄弁るより集中しないとさ……」

「俺たちとは交流ないって……お前らとはあんのかよ」

「え？　あ、まあ……話すことくらいあるよ、普通に」

　春流がそう言うと、突然渡辺が「あっ！」と声を漏《も》らした。

「そういえば永井って、月乃ちゃんと噂になってた男子じゃん！」

「……」

　月乃の肩が、一瞬ぴくりと反応する。

　彼女自身、健太郎との関係が噂になっていることを知らなかった。照れ臭さに襲われた彼女だったが、持ち前のクールさを生かし、見事に表情を取り繕う。

「あー！　そういえばそんな噂あったな！　意味わからんやつ！」

「……え？」

「だってさ、あんなやつと雪河《ゆきかわ》が付き合ってるとか、マジありえないじゃんか。いくらなんでも、陰キャと雪河じゃ釣り合わねぇだろ」

山中と渡辺が、ゲラゲラと笑い始める。

二人にとって、雪河月乃はクラスで一番の輝きを持つ憧《あこが》れの対象。

そんな彼女と、名前も知らない陰キャが付き合っているなんて、ありえないし、許せない。

それほどまでに、二人にとって永井健太郎という男は、無価値なのだ。

「……最低」

怒りに打ち震えながら、月乃は席を立つ。

その迫力に、山中と渡辺は黙り込んでしまった。

「二人は、健太郎の何を知ってんの？　陰キャだなんだってバカにして……あんたたちみたいな人が、イッチバン嫌い」

「は、はぁ⁉　急になんだよ……⁉　だ、だって、どう考えてもあんな陰キャ――――」

「帰る。もういい」

荷物をまとめた月乃は、自分の分の会計を置いて席を立つ。

山中たちはそれを引き止めることすらできず、ただ呆然《ぼうぜん》とその背中を眺めていた。

「な、なんで月乃ちゃん怒ったの？　意味分かんないんだけど……」

「はぁ……月乃があぁなってても分かんないなら、もうダメだね」

「え？　ハル……？」

「先に言っておくけど、月乃とながっちは付き合ってないよ。でも、友達なの。大事な大事な友達なの。それをバカにされて、怒らない人がいると思う？」

「いや、だから、あいつと月乃ちゃんが友達とか……そういう冗談でしょ？」

「冗談なら、あんなに怒ると思う？」

「は、ハル？」

春流は盛大にため息をつくと、月乃と同じように席を立つ。

「鬼島、あんたも行こ」

「ああ、ここにいてもつまんねーしな」

「あ、ながっちの分のお金も置いとくよ。じゃ、あとは二人だけでどうぞ」

健太郎の荷物を回収した春流は、鬼島を引き連れ席を離れる。

山中と渡辺は、突然の出来事に呆然としたまま、彼らを追うことすらできなかった。

◇
◆
◇

「ふぅ……」

憂鬱《ゆううつ》な気持ちは晴れぬまま、俺はトイレを出た。

あの二人がいる空間に戻らなければならないと思うと、足取りが重くなってしまう。

――鬼島め……あとで覚えとけよ。

こんなことに巻き込んだ鬼島に対し、怒りが湧《わ》いてくる。

今度、観るに堪《た》えないクソアニメ耐久でもやらせるか。眠ろうとしたら、後ろから頭をひっぱたいてやる。

「ん……？　あれ、ハル？」

「ながっち、外出るよ」

「え？　お、おい！」

俺はハルに腕を掴まれ、そのまま外へと連れ出された。

近くには、何故《なぜ》か鬼島もいる。

しかし月乃、そして山中と渡辺の姿はない。

「月乃なら先行ってるから、追いかけるよ」

「待てって！　金も払ってないのに……」

「払っといたから、気にしないで」

「はぁ⁉」

まったくわけが分からないまま、俺はハルについて行く。

すると、少し先に月乃の背中が見えてきた。

「月乃！」

ハルがそう呼ぶと、月乃は足を止めた。

振り返った月乃は、どこか苦しそうな表情を浮かべている。何かよくないことが起きたのは明白だった。

俺はハルの手を解き、月乃へと駆け寄る。

「どうした⁉　何があったんだよ……⁉」

「別に……何も……」

顔色が悪い月乃を見て、俺はひどく焦《あせ》っていた。

こういうとき、俺にできることはなんだ？

「……ながっち、月乃を連れて帰ってくれる？」

「え？」

「今の月乃には、ながっちが必要だよ。あたしたちはこのまま帰るから、今は一緒にいてあげて？」

「……分かった」

頷いた途端、ハルは俺の背中を押した。

まったく状況がのみ込《こ》めない。しかし、俺がやるべきことは、ハルが教えてくれた。

「行こう、月乃」

「……うん」

月乃の手を取り、駅へと歩き出す。

マンションに向かう途中、俺たちの間に会話はなかった。

しかし、この繋《つな》いだ手だけは、お互いに決して離そうとはしなかった。


「……」

家に着いたあとも、月乃はしばらく無言だった。

山中たちと何かあったことは、すでに俺も気づいている。

一体何が起きたのか——それだけは、詳しく聞かなければならない気がした。

「……ごめん」

消え入りそうな声で、月乃はそう言った。

その言葉に、俺は首を傾げる。

「……どうしてお前が謝るんだよ」

「迷惑……かけたから」

「迷惑なんて……そんなふうに思ってるわけないだろ？」

俺にとって、月乃は誰よりも大切な人だ。

何に巻き込まれようと、迷惑だなんて思うわけがない。

「……私ね、あんたにすごい感謝してるんだ」

「感謝？」

「健太郎が私を受け入れてくれたから、安心できた。一緒にいてくれたから、私は寂《さび》しくなかった」

「……」

「あんたは……健太郎は、私の大事な人。なのに……あの二人は、そんなあんたにひどいことを……っ！」

――やはり、そうだったか。

俺がトイレに行くと言って席を立っている間、二人は俺の悪口でも話してたのだろう。

俺としては、それくらいは予想していたし、覚悟もしていた。その上で、どうでもよかった。

月乃たちがいてくれれば、他の人の視線なんて、どうでもよかったんだ。

「……二人と揉《も》めたのか」

「……」

月乃が頷く。

「私……わけ分かんなくなって、気づいたら外にいて……」

「そういうことだったのか……」

月乃は、俺のために怒ってくれたのだ。

その気持ちは、今の俺ならよく分かる。仮に、俺が月乃の悪口を言われたら、同じことになっていたと思う。相手を大事に思うからこそ、怒りを堪《こら》え切れない。

「……私、もうここから出たくない」

「え？」

月乃は、まるで殻にこもるかのように膝《ひざ》を抱えてしまった。

「健太郎と、ずっと一緒にいたい……たまにハルと鬼島も遊びに来て……毎日アニメ観て、漫画読んで、ゲームして……夜はコンビニに行ってお菓子買って……好きなときに寝て、好きなときに起きるの」

「それは……最高だな」

「でしょ？」

顔を見合わせ、二人で笑う。

「出前を頼むのもありだよな。週末はピザパしたりさ」

「いいじゃん、それ。あ、でも、健太郎が作ったご飯も食べたい」

「そんなのいつでも作ってやるよ」

「冬になったら、鍋とかもいいよね。キムチがいいな、私」

「賛成だ」

それから俺たちは、思い描ける限りの理想を、交互に話し続けた。

ただ……分かっている。

そんな生活、叶《かな》うはずないと。

「全部……叶ったらいいなぁ」

月乃の目に、涙が滲《にじ》む。

すべては夢物語。それでも、月乃は本気でそれを望んでいる。

なら、俺にできることは――。

「……叶うよ」

「え……？」

「全部は無理でも、ひとつずつなら叶うかもしれない。最初から諦《あきら》める必要なんて、どこにもないだろ」

俺は月乃の手を摑んだ。

自分の言葉が、少しでも彼女の心に届くように。

「俺が付き合う。いくらでも、なんでも付き合う。引きこもりも、夜のコンビニも、全部付き合うから」

「っ……！」

「嫌な思いをしたときは、俺が支える。何があっても、ずっとずっと支えていく。なんなら、一生――」

とんでもないことを口走りそうになり、思わず口を閉じた。

しかし、月乃がそれを許さない。

「一生……なに？」

「あ、いや……その」

顔が熱い。

違う、そういう話をしようとしていたわけじゃない。

あくまで月乃を励まそうとしていただけ。

決して、自分の想《おも》いを伝えようとしていたわけでは……。

「……ちゃんと言って？　健太郎」

「っ！」

月乃の潤んだ瞳《ひとみ》から、目が逸らせなくなる。

こっちから繋いだはずの手は、いつの間にか月乃からも握り返されていた。

離れようにも、離れられない。

「……」

ここまで来て、俺は足を止めるのか？

それじゃ、月乃と出会う前と何も変わらないではないか。

月乃のそばにいたい。誰にも譲りたくない。

その気持ちだけは、本物なんじゃないか？

――もう、答えはひとつしかない。

俺は、再び月乃と目を合わせる。

彼女の透き通った青い目は、いつ見ても美しい。これが他人のものになるなんて、それだけは、絶対に許せない。

「……俺が一生、月乃を支える。だから、俺と付き合ってほしい」

すべての勇気を振り絞って、月乃に言葉をぶつける。心臓が早鐘を打ち、今にも弾けてしまいそうだ。

しばしの沈黙。

やがて月乃は、その瞳から涙を溢《あふ》れさせた。

「月乃……⁉　だ、大丈夫――」

「だいじょぶ……大丈夫だから」

焦る俺をよそに、月乃は自身の涙を拭う。

そして、眩しいくらいの笑みを浮かべ、俺の手を強く握り直した。

「嫌なことがあったら、話聞いてくれる？」

「……ああ」

「ダラダラしたいときは、一緒にしてくれる？」

「当たり前だ」

「急に推し語り始めても、引かない？」

「もちろん」

「どんなときでも……ずっと一緒にいてくれる？」

その問いに対し、俺は力強く頷いた。

「ああ……ずっと一緒にいる」

「……嘘《うそ》だったら、殴る」

「ああ、そのときはいくらでもどうぞ」

「ほんとに殴るからね……」

「いいよ」

「――――分かった……それなら、いいよ」

「っ！」

「私も、健太郎の彼女になりたい」

気づけば、俺は月乃に唇を奪われていた。

驚きのあまり、目を見開いたまま硬直してしまう。

触れ合った唇は温かく、そして柔らかい。研ぎ澄まされた感覚の中、そんな感触だけが、脳裏に焼き付いた。

「……ちょっと失敗しちゃった」

唇を離した月乃が、照れくさそうに口元を押さえる。

確かに、少し歯が当たった気もする。ただ、そんなのはどうでもいいことだ。

「ねぇ、なんか言ってよ……初めてだったんですけど、一応」

「月乃の……ファーストキス」

「ちょっ……！　言い方ちょーキモイ！」

「うおっ⁉」

ソファーの上で突き飛ばされ、俺は後ろに転がる。そのときの軽い痛みが、これが現実なのだと教えてくれた。

――まさか……この俺に彼女ができるなんて。

彼女どころか、友達すらいなかった俺……。

そんな俺に、こんな奇跡があっていいのだろうか？

——いや、違う……。

奇跡という不確かなものを想うからこそ、不安になる。

この結果は、俺の手で摑み取ったものだと思えるように、これから努力していけばいい。

月乃のそばにいるためなら、なんだってやろう。

何せ、こっちは一生という約束をしてしまったのだから——。

幕間　雪河月乃の独白

私にとっての、永井健太郎《ながいけんたろう》。

それは、日常の景色の片隅にいる、なんでもない男の子だった。

「……永井健太郎です。趣味は特にありません。部活にも、特に入るつもりはありません。一年間、よろしくお願いします」

登校初日。みんなの前で挨拶《あいさつ》をした彼は、どこまでも淡白だった。

みんなは、そんな彼に見向きもしない。

気を惹《ひ》く挨拶というわけでもなかったし、彼自身が近づくなオーラを出していた。

このときは、私も彼にまったく興味を抱かなかった。

「へー、月乃っていうんだ。綺麗《きれい》な名前だねぇー」

そう話しかけてくれたのは、髪をピンク色に染めたギャルだった。

桃木春流《ももきはるる》――――そう名乗った彼女は、ニコニコと人懐っこい笑みを浮かべながら、私の前の席に座った。

「あ、先に言っとくけど、これ地毛じゃないよ？　ほら、苗字《みょうじ》が〝桃〟木だからさ、これなら覚えやすいかなって思って」

yukikawasan ga

「別に……どうでもいいよ」

「そう？　じゃあいいや」

あっけらかんと笑っているハルを見て、思わず私も笑顔になった。

それからハルと私は、よく絡《から》むようになった。


自分から友達を作れなかった私は、ハルのおかげで人の輪に入ることができた。

しかし、彼はいまだにひとりで過ごしていた。

「ねぇー、近くのカラオケってどこが一番安いの？」

「駅前のビッグマイクじゃね？　フリーで入ればだいぶ安かったと思う」

「ふーん……じゃあ今日はそこでいっか」

ハルと鬼島《きじま》がそんな話をしている。

入学して早々、私たちは毎日のように遊んでいた。正直、ちょっと疲れた。だけど、付き合いが悪いと思われたくないし、仕方がない。

それに、ハルや鬼島がいてくれるなら、退屈はしないし――――。

「えっと、君も行く？　確か永井だったよね、名前」

「……へ？」

そのとき、急にハルが彼に声をかけた。

――まあ、きっと断るだろう。

そう思って見ていると、彼の返答を待たず、ハルがクラス全員で行こうと言い出した。

あれよあれよという間に、クラスメイトたちが集まってくる。

これでは、彼が断れないではないか。

「……ねぇ、永井」

「え？」

「あんたさ、本当は行きたくなかったりしない？」

「……へ？」

「別に、そうじゃないならいいけど……なんかそんな気がしただけ」

私は、初めて彼に話しかけた。

彼の表情は、明らかに困っていた。多分彼は、私と同じ人間関係が苦手なタイプだ。意見を主張したり、誘いを断ったりできない性格なのは、その雰囲気から明らかである。

私はそれを理解できた。ずっと私も悩んできたことだったから。

しかし、彼は意外にも、首を横に振った。

「……大丈夫、嫌ってわけじゃない」

困惑していた彼の表情が、少しだけ和らいでいた。

もしかしたら、彼なりに勇気を出そうとしているのかもしれない。

そういうことなら、私にできることは特になさそうだ。

「そう？　ならいいけど」

私はハルたちについて、教室を出る。

彼との間には、わずかなシンパシーを感じた。

しかし、それだけだ。積極的に話しかける理由もなく、向こうから話しかけてくる気配もない。この先、私たちが親しくなることは、きっとないのだろう。

このときの私は、間違いなくそう思っていた。


事情が変わったのは、彼が〝あの曲〟を歌ったとき。

その曲は、私が好きなアニメの劇中歌だった。

マイナーアニメで、いわゆるクソアニメだし、この曲の知名度はかなり低いはずだ。

彼は、私と同じ趣味を持つ人かもしれない――――。

話しかけようか迷っているうちに、彼はカラオケを出て行ってしまった。

用があるなんて嘘《うそ》。絶対嘘。私もよく使う言い訳だし、すぐに分かる。

「ごめん、私も帰るね」

「え、月乃⁉」

お金を置いて、私は彼を追う。

案の定、彼は急ぐ様子もなく、駅のホームを歩いていた。

そしてベンチに座って、ポツリとあのセリフを口にする。

「明日なんてこなけりゃいいのに」

そのセリフを聞いた私は、思わず彼に話しかけていた。


好きな作品について語り合ったことで、私たちはすぐに仲良くなった。

放課後は彼の家に行き、漫画を読んで、一緒にアニメを観て、夜はコンビニで買いものしたりして。まるで同棲《どうせい》でもしているかのような関係性に、ずっとドキドキしっぱなしだった。

彼は、常に私を安心させてくれた。

今のままでいい。ありのままでいい。言葉じゃなくて、彼の態度がそう言っていた。

男の子に見られると、いつも恐怖で体がぞわぞわした。詰め寄られると、びっくりして体が強張ってしまう。そうなると、まともに会話することも難しくなった。

しかし、彼と話しているときだけは、私はずっと前向きでいることができた。

きっと、彼の少しひねくれた性格が、ひねくれた私と嚙《か》み合《あ》ったのだろう。

彼から向けられる視線は、まったく嫌じゃない。彼の飾らない言葉には、恐怖を感じない。

私にとって、それがどれだけ嬉《うれ》しいことか、彼は今も気づいていない。


いつしか、彼から視線を向けられると、恐怖どころか嬉しく思うようになってしまった。

彼の家に行くときは、気づかれないよう、いつも以上にスカートを短くしていた。

まあ、彼は脚よりも、胸派だったみたいだけど。

それが分かってからは、胸元《むなもと》のボタンをひとつ外すようにした。

彼が分かりやすく視線を逸らすようになったのが、妙におかしくて、可愛《かわい》かった。


彼への恋心を自覚したのは、イベントスタッフのバイトのとき。

スカウトに絡まれていたとき、彼は勇敢に私を助けてくれた。

人と関《かか》わることが苦手なはずの彼が、私のために飛び込んできてくれた。

彼に特別扱いされている気がして、嬉しかった。


「だってさ、あんなやつと雪河が付き合ってるとか、マジありえないじゃんか。いくらなんでも、陰キャと雪河じゃ釣り合わねぇだろ」


山中がその言葉を口にしたとき、私は一瞬にして、嫌悪感と激しい怒りを覚えた。

彼のことをろくに知らないくせに、何故《なぜ》悪く言えるのだろう。

怒りで頭がぐちゃぐちゃになって、気づけば、私は席を立っていた。

「二人は、健太郎の何を知ってんの？　陰キャだなんだってバカにして……あんたたちみたいな人が、イッチバン嫌い」

人にこんなに厳しい言葉を吐いたのは、生まれて初めてだった。

自分が思っているよりも、私は彼のことが好きだったようだ。かつてない感情に振り回され、思わず目に涙が浮かぶ。

この二人とは、もう一緒にいられない。

感情に任せ、気づいたときには、ファミレスを飛び出していた。

「っ……」

外を歩いているうちに、強い自己嫌悪が押し寄せてきた。

怒りや悔しさ、情けなさで、今自分がどこに立っているのかも分からない。

「――――月乃！」

彼の声で呼び止められ、私はようやく正気を取り戻した。

振り返れば、血相を変えた彼がそこにいた。

追いかけてきてくれたことが嬉しくて、こんな姿を見せてしまったことが申し訳なくて。

手を握られ、彼の家に向かう間、私は黙っていることしかできなかった。


彼の家で、私はことの顚末をすべて話した。

山中とユカとの喧嘩《けんか》のこと、そしてその原因。私が話している間、彼はそれを黙って聞いてくれた。

「健太郎と、ずっと一緒にいたい……たまにハルと鬼島も遊びに来て……毎日アニメ観て、漫画読んで、ゲームして……夜はコンビニに行ってお菓子買って……好きなときに寝て、好きなときに起きるの」

それはまるで、子供のわがままだった。

しかし、彼はそんな私を軽蔑《けいべつ》せず、すべてを受け入れてくれた。

やっぱり、ここにいると安心する。

彼の隣にずっといたい。

そう思えば思うほど、胸がきゅーっとして、涙が滲《にじ》んでくる。

私は心の底から、彼――――永井健太郎のことが好き。

「……俺《おれ》が一生、月乃を支える。だから、俺と付き合ってほしい」

彼の気持ちを聞いたとき、私の心は張り裂けそうなほど喜んでいた。
これからは、ずっとそばにいる。
その約束の証しとして、私は彼の唇を奪った。

第十話　ご報告

「ふーん、やっぱ付き合うことになったんだ」

ソファーでくつろいでいたハルが、俺《おれ》と月乃《つきの》を見ながらそう言った。

俺たちが恋人になったことを今さっき、ハルと鬼島《きじま》に報告した。

こっちとしてはかなり緊張していたのだが、想像以上にあっさりと受け入れられてしまい、思わず拍子抜けした。

「どうしたの？　ながっち。そんなポカーンとした顔しちゃって」

「いや……あっさり受け入れるもんだなぁと……」

「まあ、予想通りだったしねー。二人が両想《おも》いなのは、見れば分かるって感じだったし」

ハルがそう言うと、鬼島も同調するように頷《うなず》いた。

「お前らがくっつくなら、どう考えてもあのタイミングだったろ。シナリオ的に必然というやつだ」

「うわっ……相変わらず漫画脳だねぇ」

偉そうに語る鬼島を、ハルがケラケラと笑う。

二人曰く、俺たちが惹《ひ》かれ合っていたことは、はたから見たら丸分かりだったらしい。

「なんか……めっちゃ恥ずくね？」

顔を赤くしながら、月乃がそう言った。

それについては、俺も激しく同意である。

「まあまあ、とりあえずおめでとってことで！」

「気まずくなるから、別れるのだけはやめてくれ」

「こら鬼島！　そんなこと言わない！」

いつの間にか、この二人もすっかりこの部屋に馴染んでいる。

俺のプライベートなんてほとんどない状況だが、それはそれで構わない。

ひとりでいるときより、よっぽど楽しい時間を過ごせているのだから。

「もう……別れるわけないじゃん。健太郎《けんたろう》は私のだから」

「おぉ～あのクールな月乃ちゃんが、のろけてくるとは……」

月乃はすでに開き直ったらしい。恥ずかしがっているのは、もう俺だけのようだ。

「……てか、真面目《まじめ》な話さ、これからはあんまり邪魔しないほうがいい？」

ハルが真顔で問いかけてくる。

この話については、すでに月乃と話し合っていた。

「二人さえよければ、これからも同じような感じでいてほしい」

「え、マジ？　邪魔とか思わない？」

「思うわけないだろ」

「はー……よかった。この四人で遊べなくなったら、ぶっちゃけ結構ショックだったからさ」

「それはこっちのセリフだよ」

ハルも、鬼島も、俺にとっては大事な友達だ。

今更距離を取るなんて、そんな悲しい話はない。

――大事な友達、か。

「ん、なに笑ってんだ？　永井《ながい》」

「あ、いや……別に？」

首を傾げる鬼島に、俺はそう返す。

友達を大事にしようとしている自分に、ちょっと驚いていただけだ。

「ま……二人の恋が実ったのはいいとして……いい加減ダルくなってきたね、勉強……」

「だね……」

「はー！　はやく衣装作りたーい！」

ハルが部屋の隅に積まれたコスプレの材料を見ながら、そう叫ぶ。テスト期間は、作業を進めず、勉強に集中すると四人で決めていた。

とはいえ、完全に気持ちを抑えることなどできるはずもなく――――。

「俺も漫画が描けなくて辛《つら》い……一日二時間しか描けないなんて、こんなの拷問だ」

「……十分描いてんじゃん」

「何を言うんだ雪河《ゆきかわ》。絵の練習は一日三時間以上。これは常識だろ」

「……じゃあ、睡眠時間削るしかないんじゃない？」

「なるほど、その手があったか」

鬼島のやつ、やたらとアホになるときがあるんだよな。

「はぁ……まあ、やるけどさぁ……補習とか絶対やだし」

そう言いながら、ハルは再び問題集に立ち向かい始めた。


集中し始めて、しばらく経《た》った。

さすがに疲れてきたのか、俺以外の三人は、同時に大きなため息をついた。

「……ちょい休まん？」

「だぁー……結構集中してたもんねぇ。めっちゃ疲れたけど、ながっちのおかげで結構分かってきたよ。特に数学！」

数学が苦手なハルは、勉強開始当初はなかなかまずい状況だった。

しかし、必要な公式を丸暗記させたことで、基礎はかなり身についたように思える。応用問題ではミスが目立つが、これなら赤点は余裕で避けられるだろう。平均点を超えるかどうかは、ハルの努力次第だ。

「今日のところは解散か?」

「あたしは帰るよ。今日さ、弟の誕生日なんだよねー」

「じゃあ、オレも帰るか」

「あれ、送ってくれんの?」

「ちげぇよ。お前がオレを送るんだ」

「あははー、何言ってんのかわかんねー」

ケラケラと笑いながら、ハルは鬼島と共に帰り支度を始める。

月乃はこのまま残るようで、特に動かない。

「あ、そうだ。ながっち」

「なんだ?」

「明日からはさ、学校でも普通に声かけさせてよ」

ハルの言葉に、俺は首を傾げる。

「ユカとか山中がいたから、これまで声かけないようにしてたけどさ。もうそんなに気を使う必要もなくなったわけじゃん? あ、でも……ながっちが嫌なら、これまで通りにするけど」

申し訳なさそうにしながら、ハルはそう言った。言葉通りに受け取るなら、ハルたちはもう、山中たちとつるむつもりはないということだろう。

月乃を泣かせた彼らに対し、同情の気持ちは一切《いっさい》湧《わ》かないが……。

「オレは最初から絡《から》む気満々だけどな」

「やっぱバカっしょ、あんた」

何故《なぜ》かドヤ顔で言い放った鬼島を、ハルが叩《たた》く。

「で、どうかな、ながっち」

「……嫌なわけない。むしろ、協力してほしいと思ってたんだ」

「協力？」

「今より……ちょっとだけさ。このひねくれた性格を直して、社交的になりたいんだ」

そう言いつつ、俺は苦笑いを浮かべた。

人間関係に対する苦手意識は、ずっと俺の中にあったものだ。きっかけなんてない。俺は最初からそういう人間だった。自分を正当化したかった。仕方ないって言い続けた。

だけど……月乃と出会って、ハルと鬼島と出会って、俺は自分を甘やかしていたことに気づいた。

「みんなに助けられてばかりじゃ、申し訳ないからな」

変われるかどうかなんて、まだ分からない。

だけど、変わりたい。今の自分を、好きだと言えるように。

「ふーん……気合入ってんじゃん」

月乃が俺の脇腹《わきばら》を突く。

その嬉《うれ》しそうな顔を見る限り、どうやら俺の目標は間違っていないらしい。

「そういうことなら、遠慮なく絡んじゃおっかな！」

ハルは衣装の材料を見て、小さく息を吐いた。

「……本当はね、高校入ったら、コスプレやめちゃおうかなーって思ってたんだ」

普段の様子からは想像できず、俺は言葉を失った。

ハルにも、人知れない悩みがあったようだ。

「中学のときにさ、友達にあたしのＳＮＳがバレかけたことがあって。めんどいから、もう自分からバラしちゃおって思ったんだけど……一番仲良かった子にさ〝ハルがそんな気持ち悪いことするわけないでしょー〟って言われちゃって。なんか、それからずっと隠してたほうがいいんだなーって思ってたんだ」

「ハル……」

複雑な表情を浮かべ、ハルは頰《ほお》を掻《か》く。

あっけらかんとしているようにも見えるが、ハルの目には、自分の〝好き〟を否定された苦しみが滲《にじ》んでいた。

そこには間違いなく、深い心の傷があった。

「どうしようかずっと迷ってるときに……手芸ショップで、月乃とながっちに会ったの。あのとき二人に会わなかったら、こんな感じで集まることもなかったよね」

「……うん、そうだね」

「だよね！　はー、コスプレやめないでよかったぁ」

ハルと月乃が笑い合う。

偶然とはいえ、彼女の心が救われたことを、俺は友人として嬉しく思った。

「仲間がいるなら、もう隠す必要もないもんね！　私は容赦ないよぉ～？　学校でもふつーにオタトークするからね」

ハルの言葉に、俺たちは頷く。

仲間がいれば――――なんともクサいセリフだ。

しかし、その通りだ。

この中に、人の趣味をバカにするやつなんて、ひとりもいない。

「……じゃー、帰ろっか、鬼島。このかわいい春流《はるる》ちゃんがあんたを送っていってあげよう」

「ん？　普通送ってくのは男のオレじゃねぇか？」

「自分で言ったこと忘れてんじゃねーよ！　こら！」

「またね、二人とも！」

コントのような会話を繰り広げながら、二人は立ち上がる。

「また明日、学校でな」

そんな言葉を残し、二人は部屋をあとにした。

部屋に残った俺たちは、お互いに顔を見合わせる。

「……なんか、変に緊張するな」

「それ言わないでよ……こっちまで緊張すんじゃん」

付き合って以来、こうして二人きりになるのは、あの日を除けばこれが初めてだった。

恋人になったはいいが、どうしていいか分からない。経験値不足、レベルが足りないというやつだ。

「とりあえず……コーヒーでも飲むか」

「うん」

分からないなら、いつも通りのことをしよう。

俺は二人分のコーヒーを淹れて、テーブルに置いた。

「ありがと。いただきます」

「ああ……」

静かな部屋で、二人してコーヒーを飲む。

最初はそわそわして落ち着かなかったが、こうしていると、やはり俺たちの関係は何も変わっていないことが分かる。

ふと隣を見れば、コーヒーをふーふーと冷まそうとしている月乃の姿があった。その可愛《かわい》らしさに、思わずにやけてしまう。

――にしても……本当に美人だな。

誰《だれ》が見ても整っていると思う顔立ち。地毛に合わせて染め上げた銀髪は、一度見たら忘れられない美しさだ。

こんな女の子が俺の初彼女だなんて、いまだに夢ではないかと不安になる。しかし、彼女は間違いなくそこにいて、触れ合いそうな肩からは、確かな体温を感じていた。

「……なに見てんの？　恥ずかしいんだけど」

「あ、悪い。ちょっと見惚《みと》れてた」

「え……は、はぁ⁉　急にそんな――」

月乃の頬が赤くなる。

それを見て、俺のほうも照れ臭さがぶり返してきた。お互い恥ずかしさを誤魔化《ごまか》すべく、一心不乱《いっしんふらん》にコーヒーを飲む。

――なんだ、この間抜けな構図は。

あまりにアホらしくなり、いつの間にか俺は笑っていた。

それは月乃も同じだったようで、俺たちはせきを切ったように笑い合った。

「あははは！　健太郎相手にこんな緊張するなんて……なんかバカみたい」

「こっちのセリフだよ」

俺たちなんて、所詮はただのオタクだ。

どんなに見た目が違っても、どんなに境遇が違っても、俺たちはアニメや漫画が大好きな、大切な同志。

怖がることなんてない。二人でいれば、いつまでも楽しいに決まっている。

「……それにしても、まだ出会って二ヶ月も経ってないなんて、信じられなくね？」

「そう言われると、確かに短く感じるな」

「普通はさ……どれくらいで付き合うもんなんだろ。私も彼氏ができたの初めてだから……」

「〝も〟って……俺も初めてだって決めつけたな？」

「初めてでしょ？」

「……初めてだけど」

これまで恋人がいなかったことは事実だし、それを自虐ネタにしているところもあるけれど、決めつけられるというのはまたちょっと違うというか……プライドが傷つくというか。

「初めて同士の恋愛って、けっこー大変らしいよ？」

「そうなのか？」

「色々調べたんだけど……って、なんか期待してるみたいで恥ず」

月乃は自身の頬を押さえる。

思っていたよりも、彼女はこの状況を楽しんでくれているようだ。

――――だけど……初めて同士って……。

いつか、俺と月乃もするのだろうか？　いわゆる……〝夜の営み〟というやつを。

「ちょ、ちょっと頭冷やしてくる……」

「え？　う、うん……」

俺は洗面所に駆けこんで、冷たい水で顔を洗った。

なんて妄想をしているんだ、俺は。

恋人になったからには、いつかはそういうこともするのだろう。

しかし、今考えたって仕方ない。俺と月乃は、まだ付き合い始めたばかり。

俺は深呼吸をして、気持ちを落ち着かせる。こっちは恋愛初心者なのだ。急に色々言われたって、できなくて当然。まずは目の前にあることからコツコツとこなしていくべきだ。

「ふぅ……」

「……」

「……月乃？」

リビングに戻ってくると、何故か月乃がジト目を向けてきた。

「……えっち」

「なっ――――」

「〝初めて〟って言葉で想像したっしょ！　だから頭冷やしに行ったんだ！」

「ち、ちがっ……あ、いや！　だけど！　そう言うってことは、月乃もなんか妄想したんじゃないのか⁉」

「は、はぁ⁉　そそそ、そんなことないしっ！　てか……そういうのはもっと……ゆっくり考えたほうがいいっていうか……」

二人して言葉を失い、しばしの沈黙が訪れた。

「……はぁ、やめよ？　この話」

「……そうだな」

「実際さ、そういうのは……もうちょっと待ってくれると嬉しいかも」

月乃が目を伏せたのを見て、俺は真剣な話であることを理解した。

「誤解されたくないんだけど、健太郎としたくないってわけじゃないよ。ただ、心構えができてなくてさ」

「……分かってるよ」

何故《なぜ》なら、俺もそうだから。

焦《あせ》って事を進めようとしても、大抵ろくな結果にならない。俺たちなら、いつか自然とそういう日が来る気がする。

「俺たちは、俺たちのペースで行こう。のんびり、ダラダラとさ」

「……そうだね」

いつもの雰囲気が戻ってくる。

この時間が戻ってきたことが、俺は何よりも嬉しかった。

「まあ、でもさ。もう正式な恋人になったわけだし？　これからは盗み見なくていいよ」

「な……なんの話だ？」

「さあ、なんの話だろうね」

俺が激しく動揺する様を見て、月乃はいたずらっぽく笑った。

第十一話
夢中になれること

「うぅ……！　終わったぁ！」

教室中に、ハルの叫びが響き渡った。

「終わったよ！」

「お疲れ。どうだった？」

「ながっちのおかげでばっちりだよ！　これなら平均点は確実だね」

「それは周りの出来次第だけどな……」

ハルは俺《おれ》の手首を摑《つか》むと、嬉《うれ》しそうにブンブンと振り回す。

それに飽きたら、今度は月乃《つきの》へと抱き付いた。

「いやぁ、最高の解放感！　月乃の彼氏さまさまだ！」

「ちょっと……！　ハル？」

「いいじゃん！　本当の話だし！」

ハルのテンションの高さに、月乃は苦笑いを浮かべている。

今は好きにはしゃがせよう。気持ちは俺たちも分かる。

「オレも永井《ながい》のおかげで、最後まで解けたぜ。ありがとな」

「どういたしまして……お前が一番心配だったけど、その様子なら大丈夫そうだな」

「ははっ、ちなみに最後まで解けたと言ったが、合ってる自信はねぇ」

「台無しだよ」

自信はないと言っておきながら、どうしてこいつは自信満々に胸を張っているのだろう。

今回のテストを見る限りでは、対策済みの問題ばかりだった。なんだかんだ言って、鬼島《きじま》もそこまで悪い点は取っていないはずだ。

『ねぇ……なんで雪河《ゆきかわ》さんたちって、山中君と絡《から》まなくなったの？』

『さあ？　喧嘩《けんか》したとか聞いたけど……』

『えー？　あんなに仲良かったのに……』

『そう？　もともと雪河たちのほうが合わせてる感じしたけどなぁ』

ふと、どこからともなくそんな話が聞こえてくる。

教室の隅には、気まずそうにしている山中と、渡辺の姿があった。

クラスの中心で大声で喋《しゃべ》っていた彼らの姿は、もうどこにもない。二人でつるむつもりもないらしく、お互いの距離はかなり離れていた。自分からは決して絡みにいかないというプライドの高さが、さらに悲愴感を煽っている。

反対に俺はというと、月乃たちと一緒にいることが増え、変に注目されるようになっていた。

どうやらまだ、彼らといるに相応《ふさわ》しいとは思われていないらしい。

――いいさ。いずれ変わってみせるから。

俺は心の中でそう唱えた。

「ねえ、今日は四人でパーッとカラオケ行かない？」

まるで〝あの日〟と同じように、ハルがそんな提案をした。

「これからは、懐かしのアニソンから流行りのアニソンまで歌い放題だよ！　行くしかないでしょ！」

「いいね、私は賛成」

「ああ、オレもだ」

乗り気な様子の三人が、俺に視線を向ける。

もう尻込《しりご》みする必要はない。彼らに向けて、俺は力強く頷《うなず》いた。

◇◆◇

「はー、もう声出ないわ……」

「ね……あたしも」

散々歌ったあと、俺たちはヘロヘロになりながらカラオケを出た。

さすがに五時間歌いっぱなしはキツかった。

オタクだけで集まると、やはり盛り上がり方が違う。大体の曲は分かるし、仮に知らなかったとしても、布教活動が始まってしまう。おかげで喉《のど》がガサガサだ。帰りにのど飴でも買って帰ろう。

「疲れたし、今日は解散かなー」

午前中で学校が終わり、昼を食べてからこの時間までぶっ通しでカラオケ。

思い描きすらしなかった、理想の高校生活がここにあった。

「明日からは早速衣装づくりか。腕がなるぜ」

「あんたはほとんどやることないでしょうが……」

ハルが鬼島をどつく。

明日からは、本格的に衣装を作っていく。

とはいえ、俺と鬼島はほとんど見学だ。やることがあるとすれば、力仕事と、せいぜいお茶汲みくらいだろうか。

「……明日からよろしく、三人とも」

月乃に言われて、俺たちは頷く。

初めての本格的な衣装づくり。

色々苦戦もあるだろう。

だけど、俺たちならきっと、最後まで楽しめる。

――――そんなふうに思っていた時期が、俺にもありました。

「はいそこぉ！　ブレてるし曲がってる！　これじゃあ縫い目が目立っちゃうでしょうが！やり直し！」

「は、はい……！」

俺の部屋に、ハルの怒声が響き渡る。

衣装づくりの前に、月乃は基礎的な技術をハルから学んでいた。

まさかこんなところから始まるとは思っていなかった。ただ、確かにこれは身に付けておかなければならないものだ。妥協すれば、間違いなく完成度にかかわる。

「これは師弟関係ってやつだな。勉強になるわ」

「お前は相変わらずで羨《うらや》ましいよ……」

鬼島は目をぎらつかせながら、二人の様子をスケッチしていた。

この鬼気迫る雰囲気すらも、こいつからしたら貴重な資料ということらしい。

「うん……まあ、ミシンは合格かな。じゃあ、次は布切りバサミの練習ね」

「えっ……まだ練習⁉」

「当たり前でしょ！　布は無限じゃないんだから、失敗しないように練習しておかないと！」

「ごもっとも……」

一瞬で論破された月乃は、布切りバサミの使い方を学び始める。

この感じだと、今日はずっと修業パートだな。

「もういっそのこと、衣装が完成するまで全員ここで寝泊まりするか……？　毎日家とここを往復するのも面倒だろうし、集中して一気に完成を目指したほうが――――」

「いいの⁉」

「え？　あ、ああ……みんながいいなら」

「最高じゃん！　オタ活合宿なんて！」

はしゃいでいるハルを見て、俺は困惑する。

ほぼ冗談のつもりで言ったのだが、ハルはかなり乗り気らしい。

「……提案しておいてなんだけど、親は許すのか？」

「まー、さすがに毎日は無理だね。でも、週末だけなら許してくれると思うよ」

ずいぶんと寛容な親御さんだ。

それだけハルが信頼されている証拠だろう。

「泊まり込みはオレもありがてぇな。ここなら資料に困らねぇし、原稿も捗りそうだ」

「ああ、いくらでも使ってくれ」

俺の集めたものが、将来の売れっ子漫画家の糧になるなら、それはそれで本望だ。

「よし、そうと決まれば……月乃！　練習再開するよ！」

「え？　もう？　私けっこー疲れて――――」

「甘ったれたこと言わない！　ながっちのおかげで時間ができたんだから、もっと入念に基礎からやるよ！」

「うへぇ……」

げんなりした表情の月乃を見て、俺はつい笑ってしまった。

さて、俺は俺で、自分のやりたいことに集中しよう。

三人に気づかれないよう、俺はスマホでとあるカタログを開いた。

◇◆◇

さらに時間は進み、すっかり六月になってしまった。

うちの高校は、六月から夏服に変わる。

初めて夏服になってから、はや数日。

相変わらず彼らは、俺の部屋に集まっていた。

「っ……！」

真剣な眼差しで、月乃は手に持った布に糸を通す。

慎重に慎重に手を進めていくと、やがて可愛《かわい》らしいフリルがついた、美しいドレスが完成した。

「……できたっ！」

ドレスを広げ、月乃が告げる。

完成の瞬間をこの目で見届けた俺たちは、彼女と一緒に歓声を上げた。

「〜〜〜〜っ！　やったね！　月乃！」

「なかなかいい出来じゃねぇか！」

ハルと鬼島が、月乃のもとに集まる。そして俺も、それに続いて彼女のそばに来た。

「すごいな……本物みたいだ」

月乃が持つドレスは、しっかりとした重厚感と、完成度を誇っていた。

もちろん、近くで見ればまだまだ粗が目立つ。縫い目がほつれていたり、色々と誤魔化《ごまか》した跡が散見された。しかし、そんなのは些細《ささい》なことだ。

「裏地もいい感じだね！　綺麗《きれい》に染まってよかったよ！」

「うん……ここは特にお気に入り」

スカートの内側のデザインは、すべて月乃が布用の絵の具で描いたものだ。

初めは業者に頼まなければどうしようもないと思っていたが、意外となんとかなるものだ。

「早速着てみる？」

「い、いや、それはちょっと……」

「え⁉　なんでよ！　せっかく完成したのに！」

「なんか……変に緊張しちゃって……」

「いやいや！　着てみないことにはなんも分かんないでしょ！」

「あっ……！」

ハルは月乃を寝室のほうへ押しやる。

俺としても、ここまできてお預けは勘弁願いたい。

鬼島と共に、月乃の着替えが終わるのを待つことにした。


――かれこれ一時間くらい経《た》ったか。

着替えだけでなく、メイクまで完璧《かんぺき》にしてこそコスプレ。

……というハルの信条に従い、入念にメイクを施している最中のようだ。

さてどうしたものか。そんなふうに鬼島と顔を見合わせていると、突然寝室の扉が開け放たれ、ハルだけがリビングに戻ってきた。

「やばい……とんでもないコスプレイヤーが生まれてしまったかもしれない……」

「「……？」」

「見て驚くなよ、やろーども……いや、むしろ大いに驚け！　苦情が来ない程度に！」

そう言いながら、再びハルが寝室の扉を開ける。

ついに月乃が、俺たちの前に姿を現した。

「っ……」

「ねっ⁉　やばいっしょ⁉　やばいっしょ⁉」

自分で作った衣装に身を包んだ月乃は、まさに女神と呼ぶに相応しい姿をしていた。

フリルのついた西洋人形風のドレスに、可愛らしいカチューシャ。

開けた胸元《むなもと》は、彼女の豊かな胸を強調しており、否が応でも視線を惹《ひ》く。

メイクによる顔の再現度も素晴らしい。

そこにはまさに、俺たちの知る『マリハレ』のメリーがいた。

「ど、どう……？」

「似合ってるよ、月乃。……本当に似合ってる」

他の誰《だれ》かが口を開く前に、俺は反射的にそう言った。

どうしても、最初の言葉だけは譲れなかった。

「……ありがと、健太郎《けんたろう》」

そう言いながら、月乃は心の底から幸せそうに笑った。

「……はっ！　見惚《みと》れちゃってた！　ねぇねぇ、写真撮ろうよ！　こういうのはちゃんと残しておかないとさ！」

ハルがスマホを手に取る。

それを見た俺は、大きく深呼吸してから、隠していたとあるものを取り出した。

「……月乃のコスプレ姿……まずは俺に撮らせてくれないか？」

「健太郎、それ……」

俺が取り出したのは、一眼レフカメラだった。

三人が作業に集中する間、少しは役に立つかもしれないと思って、撮り方を練習していたのだ。色々調べたりして、少しはノウハウも分かってきた。

今なら、スマホのカメラよりは上手《うま》く撮れる。――――多分。

「一眼レフじゃん⁉　買ったの⁉」

「型落ちの安いやつだけどな」

型落ちじゃないと、月乃と稼いだ金では手が届かなかった。本当に高いんだな、一眼って。

「これがあればコスプレも撮れるし、鬼島の資料集めも手伝ってやれるんじゃないかって」

「永井……！　お前ってやつは……！」

鬼島が涙を流して喜び始める。

一応、おまけのつもりで言ったのだが、そこらへんは理解しているのだろうか。

「月乃……撮ってもいいか？」

「……うん。健太郎に撮ってほしい」

俺はカメラを構える。

勉強の成果を生かすなら、こんな生活感溢《あふ》れる場所ではなく、スタジオを借りるべきなのかもしれない。

しかし、今はこれでいい。

このほうが、俺たちらしい。

「じゃあ、撮るぞ」

レンズ越しに、月乃の姿を捉《とら》える。

月乃はどこか恥ずかしそうな様子で、俺に向けて笑みを浮かべた。

それを見計らって、シャッターを切る。

今日の彼女の姿を、俺は一生涯忘れることはないだろう。

◇◆◇

あれからしばらくして、ハルと鬼島は帰っていった。

正確には、俺と月乃が二人きりで過ごしたがっていると勘ぐったハルが、鬼島を連れていった。決して二人きりになることを急いでいたわけではないが、ここは素直に感謝しておこう。

月乃と話したいことが、山ほどあったのだ。

「ありがとね、健太郎。こんなところまで付き合ってくれてさ」

「ん？」

隣に座っていた月乃が、俺に体を寄せてきた。甘いような、それでいて爽《さわ》やかな匂《にお》いを感じる。恋人とはいえ、この距離感にはまだしばらく慣れそうにない。

「楽しかったよ、衣装づくり。完成度は……まあ、ちょっとあれだけどさ」

月乃は、もう着られなくなったメリーの衣装を見ながら、そう告げる。

写真を撮り終わった直後、月乃の衣装は、見事に裂けてしまった。縫い付けが甘かったようで、胸元が弾けてしまったのだ。なんとも間抜けな瞬間だったが、衣装が裂けたのは笑い事ではない。

修正すればなんとかなるかもしれないが、一体どれだけの時間がかかることやら――――。

「でも、見た目は最高だったぞ」

撮影した写真を、月乃に見せる。

背景はともかく、そこにはメリーが写っていた。

「ちょっと……まじまじ見せないでよ……！」

「よく撮れてるだろ？」

「……まあね」

写真に写る自分を見て、月乃は目を輝かせた。

我ながら、素晴らしい写真だと思う。まだまだ改善の余地があるのは、少し悔しく思うのだが……。

「────また……やりたいな」

そんな言葉が聞こえてきて、俺は驚いた。

「だって、こんな結果じゃ終われなくない？　もっと上手くなったらさ、もっと難しい衣装も作れるかもしれないじゃん？」

月乃は、ワクワクした様子でそう言った。

何かに夢中になってみたい。月乃は前にそう語っていた。

どうやら、その何かは見つかったようだ。

「次の衣装が完成したら、また健太郎が撮ってね」

「もちろん。そのときまでには、俺ももっと上手く撮れるようになるよ」

「ん、期待してる」

そう言いながら、月乃は俺に肩をぶつけた。

「……そういえば」

ふと、月乃が何かを思い出したようにつぶやいた。

「どうした？」

「テスト前の約束……すっかり忘れてた」

「テスト前……あっ！」

試験が終わるまで衣装制作を我慢したら、俺がなんでも頼みを聞くというやつだ。

テスト期間が終わってから、すぐに衣装制作で忙しくなったから、すっかり忘れていた。

「どうしよっかな……。まさか、今更無効とかないよね？」

「も、もちろん。約束は守る」

「やった」

無邪気に笑って、月乃はガッツポーズを決める。

「あのときは何も思いつかなかったみたいだけど……今は何かあるのか？」

「そうだなぁ……」

しばらく考え込んだ月乃は、突然にやりと笑った。

この笑顔、見覚えがある。月乃が俺をからかうときは、いつもこの顔なんだ。

「健太郎、耳貸して」

「え？　なんで？」

「いいから」

俺は渋々月乃に片耳を寄せる。

誰も盗み聞くやつなんていないのに、月乃はわざわざ小声になって、その頼みを口にした。

「――――お、おい……本気で言ってるのか……!?」

「大マジ。なんでも聞いてくれるんでしょ？」

そう言って、月乃は目を細める。

「……」

逃げ場を探そうとしたが、やめた。

これくらいの我儘《わがまま》も叶《かな》えられないようじゃ、月乃の彼氏なんて務まらないだろう。

「……分かったよ」

そうして俺は、目を閉じた月乃にキスをした。


世の中、何がどう転ぶのか分からない。

たった二ヶ月で、俺の人生は大きく変わった。

人付き合いが苦手だったはずなのに、気づけば最高の友達と、最高の彼女ができた。

明日も明後日も、その先も、俺たちは共に歩んでいく。

不安なこともあるけれど、きっと大丈夫。

こうして手を繋《つな》いでいれば、怖いものなんてないのだから。

あとがき

初めましての方は初めまして、私の他の作品を知ってくださっている方は、ご無沙汰しております。

原作者の岸本和葉《きしもとかずは》です。

普段あとがきを書くとき、何を書いたらいいか分からなくなりがちな私ですが、今回は作品の誕生秘話を語らせていただこうかと思います。

結論から申しますと、ギャルが好きだからです。

可愛いですよね、ギャル。元気をもらえる存在って感じがします。

ただ、分かっています。私が好きなギャルは、創作上のギャルでしかないのだと。

分かっているからこそ、開き直りました。

じゃあいっそのこと、自分の思う最高にエロ可愛いギャルを書けばいいいんじゃね?

はい。これで雪河月乃《ゆきかわつきの》は生まれました。

私はとにかく自分の理想のギャルが書きたかった。

単純ですが、作品が生まれる理由なんて、そんなものだったりします。

私が理想とするギャルはいかがだったでしょうか?

もし共感いただけていたら、私はとても嬉しいです。

最後になりますが、制作にかかわってくださった皆様、素晴らしいイラストを用意してくださったＹｕｙｕ先生、そしてここまで読んでくださった読者の皆様に、最大限の感謝を。

皆様の応援が、本作の力になります。

次回があれば、またお会いしましょう。

ファンレター、作品の
ご感想をお待ちしています

〈あて先〉

〒105-0001
東京都港区虎ノ門2-2-1
SBクリエイティブ(株)
GA文庫編集部 気付

「岸本和葉先生」係
「Yuyu先生」係

本書に関するご意見・ご感想は
右のQRコードよりお寄せください。

※アクセスの際や登録時に発生する通信費等はご負担ください。

https://ga.sbcr.jp/

ダウナー系ギャルの雪河さんが、何故か放課後になると俺の家に通うようになった件。

発　行　2025年4月30日　初版第一刷発行

著　者　岸本和葉
発行者　出井貴完

発行所　SBクリエイティブ株式会社
〒105-0001
東京都港区虎ノ門2-2-1

装　丁　木村デザイン・ラボ

印刷・製本　中央精版印刷株式会社

ISBN978-4-8156-2668-6
Printed in Japan　GA文庫

試読版は
こちら!

試読版は
こちら!

四天王最弱の自立計画　四天王最弱と呼ばれる俺、実は最強なので残りのダメ四天王に頼られてます

GA文庫

著：西湖三七三　画：ふわり

「クク……奴は我ら四天王の中でも最弱」

人間たちは魔大陸四天王の一人目、暗黒騎士ラルフすら打倒できずにいた。しかも、驚異の強さを誇るラルフは、四天王最弱であるというのだが、実は——

「いい加減、お前らも戦えよ！」「無理じゃ、わしらは殴り合いの喧嘩さえしたことがないんじゃぞ！」　じつはラルフ以外は戦ったことすらないよわよわ女子たちなのだった！　自分ばかり戦わされる理不尽に耐えられなくなったラルフは、他の四天王にも強くなってもらおうと説得を試みるも全戦全敗⁉　ラルフは諦めずにあの手この手で四天王を育成しようとするのだが——？　四天王最弱（実は最強）の主人公による、ダメダメ四天王たちの自立計画が今始まる！

試読版は
こちら!

試読版は
こちら!